DOMENICA

PATRICK RAYNAL
EMMANUEL-ALAIN RAYNAL

DOMENICA

roman

ALBIN MICHEL

À Arlette, Léopoldine,
Margot, Egon et Sandor…

Et à Jean-Luc Fromental,
dont l'ombre immense plane sur ce texte

Avertissement

Bien que l'histoire de Domenica ait fait l'objet d'un certain nombre de récits, d'essais et d'articles de journaux, nous avons voulu proposer ici pour la première fois une fiction documentée où les personnages vivent leur vie propre.

PAUL

De la porte de ma chambre mal fermée, des bribes de conversation me parviennent en même temps que m'assaillent les vagues de douleur sourde émises par mon bas-ventre.

« La piqûre va lui faire du bien, dit une voix que je reconnais comme celle de mon médecin, le docteur Romieux. Je persiste néanmoins à conseiller de le faire transporter à l'hôpital.

– Si ça ne vous ennuie pas, docteur, je préfère attendre l'avis de notre ami, le professeur Brosser. »

Ça, c'est la voix de Domenica, mon épouse. Sèche et impérieuse. Encore vibrante de la colère provoquée par notre dernière engueulade. C'était il y a moins d'un quart d'heure, et j'avais renouvelé ma menace de laisser ma collection à l'État.

Je lui ai même fait croire que j'avais modifié mon testament.

C'est faux, mais rien ne m'empêche de le faire une fois sorti de ce bon Dieu de plumard…

Elle a tapoté mon lit avant de sortir. Un geste très Florence Nightingale dont elle a dû entendre parler je ne sais où. En fait, depuis que je suis cloué au lit par ce qui ressemble à une crise d'appendicite, j'ai le sentiment désagréable que je n'en sortirai plus, de ce lit. Je n'ai pourtant que quarante-trois ans, et je jouis d'une santé qui serait parfaite si je dormais un peu plus et buvais un peu moins. Il me faut sans doute le reconnaître, je mène une vie de bâton de chaise, mais mon docteur m'affirme qu'un léger régime viendrait à bout de tout ça. Il n'est pas au courant, bien sûr, de la dégradation des relations au sein de mon mariage. C'est un peu comme si la violence et la fréquence de nos disputes influaient sur mon corps au point de m'enflammer l'appendice jusqu'à ce que mort s'ensuive. J'ai beau me dire que c'est absurde et que c'est pas demain que je vais me laisser abattre par une bête idée noire, je frissonne un peu en voyant le châle de soie de Domenica flotter dans l'embrasure de la porte.

« Alors, mon vieux Paul, comment ça va ? »

Ça, c'est la voix de Jean Walter, architecte de génie, capitaine d'industrie et amant de ma femme – ou plutôt : amant officiel de ma femme, vu qu'il y en a beaucoup d'autres, et de tous sexes, encore. Mais il faut dire que le nombre a baissé depuis l'arrivée de Jean.

« Un peu mieux… Je crois que la morphine commence à faire effet.

– Allons, tant mieux, tant mieux. Une bonne nuit de sommeil et il n'y paraîtra plus », fait-il de sa grosse voix paterne de mâle dominant.

Ça lui va bien de dire ça. Son mètre quatre-vingt-dix, ses épaules de déménageur et sa belle gueule d'aventurier emballent toutes les femmes et clouent sur place microbes et virus. Je l'aime bien, mais depuis qu'on vit dans son immeuble du boulevard Suchet, je ne me suis jamais senti aussi petit et rondouillard.

« Ouais… C'est ce qu'on dit généralement à un type sur le point de passer chez les taupes. »

Évidemment, ça le fait rigoler.

« Passer chez les taupes ! Je ne la connaissais pas, celle-là… Allez, faut que je te laisse. J'ai rendez-vous avec le ministre. »

Il a toujours rendez-vous avec un ministre quelconque, ce qui va parfaitement avec ses costumes et l'odeur très virile de son eau de toilette anglaise qu'il laisse derrière lui en sortant de ma chambre.

*

La première fois que j'ai vu Domenica – remarquée serait plus juste, car je l'avais probablement croisée bien des fois –, elle tenait le vestiaire d'une grande fête que j'avais donnée au Viking pour je ne sais plus trop quelle occasion et elle s'appelait Juliette Lacaze. Elle était jeune, positivement adorable avec ce quelque chose en plus dans le regard que seuls quelques grands peintres ont su attraper. J'étais loin d'être un perdreau de l'année, j'étais plutôt un des hommes les plus entourés de femmes exceptionnelles de Paris, même si, il me faut bien l'avouer, ce n'était pas pour mon physique, mais celle-ci me parut encore plus exceptionnelle que toutes les autres. Des années plus tard, une amie qui avait assisté à notre rencontre m'a dit qu'elle avait tout de suite vu que nous nous étions trouvés, comme deux grands fauves dans la savane. La savane du Tout-Paris en l'occurrence, mais croyez-moi, elle vaut bien l'africaine.

Toujours est-il que je songeais déjà à la revoir quand elle s'est matérialisée devant moi escortée par Vlaminck qui, soi-disant, tenait absolument à me la présenter. J'aurais dû immédiatement piger que c'était plutôt elle qui avait sollicité l'aide du Flamand pour qu'il la mette sur mon chemin, mais en ces temps-là, j'étais crédule. De près, elle était littéralement ravissante. Ça, je le savais déjà. Ce qui m'a surpris, en revanche, c'est le mélange de réserve et de hardiesse qui rayonnait d'elle. J'ignorais encore tout de ses origines, que d'instinct je situais au sud du Rhône. Elle avait ce regard autoritaire, hardi, un peu insolent et pourtant voilé d'une ombre d'incertitude des filles du Midi. Comme elle plantait ses yeux bleus dans les miens, j'eus soudain la certitude qu'elle venait de me choisir alors que je n'avais encore pris aucune décision. C'est du moins ce que je croyais, et c'est avec une légère surprise que je m'entendis l'inviter à Deauville pour le samedi suivant. Vlaminck, au contraire, n'avait pas l'air surpris du tout. Il s'est même proposé de l'accompagner, ce qui m'a fait aussitôt craindre que leurs rapports soient plus intimes que je ne l'avais espéré.

Le samedi suivant, donc, je l'ai vue entrer dans le hall du Grand Hôtel. J'étais encore en train de me disputer avec un habitué du lieu, un pékin prétentieux et anglais, à propos de l'influence de l'art africain sur la peinture contemporaine et, comme d'habitude, il me donnait la réplique pour le plus grand bonheur d'un parterre de personnages très chics qui ne connaissaient sans doute rien à la peinture moderne, mais qui avaient certainement les moyens d'en acheter.

« Vendez-moi vos Renoir, dans ce cas, tonitruait-il dans son français parfait. Je ne crois pas qu'il ait jamais eu besoin d'un fétiche bambara pour peindre ses jeunes filles en fleur.

– Ah bon ? ai-je répliqué avec une totale mauvaise foi, et que faites-vous des nombreuses années qu'il a passées en Algérie, où la civilisation bambara a laissé d'importantes traces ? »

Je l'avais bien sûr repérée mais, sans doute pour la punir d'être aussi charmante, j'ai fait semblant de ne pas la voir et j'ai continué à argumenter contre le pékin anglais, abandonnant la jeune femme à la malveillance des regards et des commentaires des dames du parterre.

« Dis donc, c'est pas la gamine qui tenait le vestiaire à la fête de Paul ?

– La pauvre. Encore une gisquette qui s'imagine qu'il va se souvenir de l'avoir invitée. »

La gisquette n'a pas été longue à réagir. Elle s'est plantée devant moi avant de proférer d'une voix impérieuse : « Si c'était pour m'humilier, vous auriez pu le faire à Paris. Ça m'aurait économisé le prix du billet. »

Et, dans le silence abasourdi qui s'est abattu sur notre petit cénacle, j'ai compris que je venais de tomber amoureux.

« Ah, c'est vous, ai-je dit d'un ton aimable. Je suis heureux que vous ayez pu venir… Mais je ne vois pas Vlaminck.

– Pourquoi ? Il devait venir ?

– Je ne sais pas… Je croyais que vous étiez…

– Son modèle, monsieur, uniquement son modèle, m'a-t-elle dit avec un sourire.

– Ah… Bien, très bien… Vous connaissez donc un peu la peinture ? »

Parfait, ai-je pensé en la regardant rougir légèrement, elle est libre et elle n'est manifestement pas venue que pour les Planches et le paysage.

Avec le recul, je me dis qu'elle n'aurait pas pu surgir à un moment plus propice. À l'aube de mes trente ans le monde me souriait depuis déjà un bon moment – à croire que j'étais né avec le don de le chatouiller –, mais j'avais de plus en plus le sentiment qu'il manquait quelque chose à mon bonheur. Ce quelque chose, j'en ai longtemps été convaincu, était tapi dans le regard de Juliette Lacaze et n'attendait que le mien pour éclore.

Je passais pour extraverti, alors qu'au contraire, je suis le plus secret des hommes. On ne me connaissait ni véritable ami, ni liaison durable, ni amour. On disait même que le masque que j'arborais en public n'était qu'une façon de me défendre. On me pensait homosexuel tout en étant sensible aux jolies femmes. Ma rencontre publique avec Juliette ressemblait un peu à l'histoire du crapaud et de la princesse, si ce n'est que Juliette était loin de ressembler à un crapaud.

Nous étions attablés dans un restaurant de la ville, j'avais l'impression de parler depuis des heures devant le double brasier de son regard.

« Si je comprends bien, vous êtes un genre de magicien, a-t-elle minaudé en chipotant sa brouillade de truffes.

– Je suis surtout un gros opportuniste, ai-je dit avec une modestie dans laquelle je me reconnaissais à peine. À vrai dire, tout ça a commencé par une erreur des postes. Un jour, dans mon garage de voitures de luxe avenue de la Grande-Armée, j'ai reçu une grande caisse que je pensais être pleine de caoutchouc et qui s'est avérée contenir un lot de statuettes nègres dont je suis aussitôt tombé amoureux, mais dont je ne savais que faire. En attendant de trouver, je les ai tout simplement exposées dans la vitrine du garage. En fait, à l'époque, les pneus fabriqués avec du caoutchouc africain étaient envoyés dans des caisses avec des statuettes et des objets considérés comme des curiosités exotiques. J'ai donc continué à recevoir des caisses remplies de masques et de fétiches. Je me suis documenté sur l'Afrique et j'ai commencé à collectionner des statues bantoues, des masques peuls, des bronzes yorubas et des sculptures dogons, que j'ai continué à exposer dans les vitrines du garage pour le plus grand plaisir des passants, qui prenaient ça pour une invention publicitaire. Et puis, un jour, un des passants s'est arrêté. Il s'appelait Guillaume Apollinaire, nous sommes devenus amis, et comme il ne fréquentait guère que les artistes et les bistrots j'ai rapidement décidé de devenir *marchand d'art en zone humide*, j'avais tout juste la vingtaine…

– Apollinaire ? Guillaume Apollinaire… Le poète ? Comment est-il ?

– Mort, malheureusement, ai-je répondu d'un ton sec, un peu vexé qu'elle s'intéresse à quelqu'un d'autre que moi.

– Je sais, a-t-elle fait sur le même ton. J'ai lu passionnément certaines de ses œuvres et…

– Vous avez lu sa poésie, je suppose ?

– Pas que, a-t-elle dit en rougissant légèrement. Il a aussi écrit des romans, non ? »

À ma connaissance, il n'en avait écrit que deux, horriblement pornographiques, *Les Onze Mille Verges* et *Les Exploits d'un jeune Don Juan*, qui circulaient largement sous le manteau dans les milieux qu'elle fréquentait, mais la simple idée qu'elle ait pu lire ces deux effroyables brûlots me laissait sans voix.

« Vous devez confondre, ma chère. Que je sache, Guillaume ne s'est jamais intéressé à la prose. »

Elle s'est contentée de me gratifier d'un de ses sourires dont je n'arrive toujours pas à me lasser.

Je parlais comme un moulin à prières et elle écoutait avidement. L'histoire de mon ascension irrésistible dans le monde de l'art est devenue une légende aux multiples versions et je me suis toujours gardé d'en démentir aucune. À tel point qu'entre ma légère tendance à enjoliver les choses et les certitudes fantaisistes des journalistes, j'en arrive moi-même à me prendre un peu les pieds dans le tapis. La version que j'ai servie ce jour-là à Juliette était sans doute aussi infidèle que les autres, mais suffisamment proche de la vérité pour ne pas risquer de démenti, et c'était surtout celle dont je me souvenais le mieux, les autres ayant été laminées par ma mauvaise mémoire. De toute façon, Juliette l'a écoutée en lâchant la bride aux étoiles de ses yeux.

« … C'est ainsi que j'ai pu acheter mes premiers tableaux et, de fil en aiguille, rencontrer toute la jeune garde de l'art moderne… J'ai vendu une statuette nègre pour acheter un De Chirico, suivi rapidement par un

Picasso, que je revendis illico pour acheter tout un lot de statues nègres… »

Ce que j'aurais voulu lui dire, c'est qu'Apollinaire avait décelé chez moi un vrai tempérament d'artiste (de fait, j'ai longtemps rêvé d'en être un, un authentique, de ceux qui peignent, sculptent ou écrivent). Heureusement, ce tempérament était couplé à une implacable lucidité qui m'interdisait de croire à mon talent sitôt que je l'avais exprimé, un peu comme un gosse comparant ses pataraphes aux modèles qu'il avait dans l'esprit. J'ai donc décidé de mettre mon seul vrai don au service de peintres qui, pour la plupart, crevaient de faim avant d'être découverts. Il fallait juste les dégoter avant tout le monde, acheter leurs toiles à bas prix et les revendre au moment où je me serais arrangé pour que leur cote grimpe.

« Je vouais une grande admiration à Apollinaire et j'en savais assez sur l'auteur pour me douter qu'il serait intéressé par mes fétiches. Je les avais effectivement exposés dans mon garage, mais, pour dire toute la vérité, il s'entêtait à ne pas passer devant. J'ai donc résolu de forcer la chance. On pouvait le rencontrer tous les jours à Montmartre à l'heure de l'apéritif et je l'ai abordé avec le culot qui m'a tant servi par la suite. J'étais, comme d'habitude, sapé tel un milord et il m'a pris pour un nabab. Au lieu de se contenter du vin rouge que j'avais commandé pour nous deux, il s'est fait offrir du champagne et, comme notre entretien se prolongeait, nous avons fini par déjeuner en continuant au champagne. J'ai payé sans moufter. C'était cher, mais infiniment moins que l'amitié qui est née ce jour-là entre Guillaume et moi. C'est grâce à lui que j'ai acheté mon premier De Chirico, un peintre dont rigoureusement personne n'avait jamais entendu parler, et un Picasso pour un prix équivalent à celui d'un bon dîner dans un restaurant juste correct.

– Et vous l'avez revu souvent ? Je veux dire : après le coup du restaurant ?

– Sans difficulté. En toute modestie, on aurait même dit qu'il avait flairé mon potentiel… J'étais très jeune, autodidacte, et, au contraire des autres marchands de la place, j'avais grandi dans un milieu modeste de Pigalle. J'avais certes le sens des affaires, mais je devais apprendre le reste par moi-même et j'ai vite compris que ma rencontre avec Apollinaire était une chance extraordinaire. En 1912, je me suis astreint à participer aux réunions du café Cyrano auxquelles venaient Braque, Picasso et, bien sûr, Apollinaire. Quand je me suis senti de taille à lui adresser la parole, j'ai même proposé à Picasso de lui vendre des statues nègres et, par la suite, je n'ai jamais cessé de maintenir le contact avec lui.

– Picasso ? a-t-elle pouffé, celui qui dessine comme s'il était toujours à la maternelle ? »

Je me suis contenté de rire avec elle. J'étais déjà plus qu'à moitié amoureux et l'opinion d'une femme sur un des plus grands peintres de l'époque me semblait hors de propos.

J'avais tort, mais j'étais jeune.

*

Tous les clients avaient quitté le restaurant, les serveurs tournaient autour de nous comme des goélands suivant un chalutier. Je parlais toujours, mais la légende avait cédé le pas à une réalité incontestable : je n'avais pas encore trente ans et j'étais propriétaire d'une prestigieuse galerie d'art que j'allais encore étendre dans des locaux plus grands, rue La Boétie.

« … Bien sûr, le fait d'avoir été réformé m'a permis d'échapper à la guerre et de faire des affaires dans un Paris un peu déserté. Stendhal disait que la chance s'attrape par les cheveux mais qu'elle est chauve, j'ai plutôt envie de dire qu'elle n'est chauve que sur l'arrière, ce qui nécessite, vous en conviendrez, chère Juliette, une certaine vivacité. »

Elle a rougi et m'a regardé longuement, au point que je me suis demandé si je n'avais pas poussé le bouchon un peu loin.

« De quoi dois-je convenir, cher Paul ? D'avoir su forcer ma chance en quittant Millau et une famille aisée pour venir chercher fortune à Paris ? Ou d'avoir su vous attraper, vous, au moment où vous passiez ? »

À mon tour de rougir. Pour la première fois j'ai senti

l'éclat dur de l'émail derrière le sourire de l'ingénue et je me suis soudain vu comme un petit coq qui, contre toute attente, gonfle ses plumes devant une oiselle tout à fait consciente de la situation.

Qui se préparait à croquer qui ?

J'ai mis beaucoup de temps, trop sans doute, à répondre à cette question.

*

« Je vous ai apporté un peu de bouillon. »

Je dormais sans doute à moitié et l'apparition pourtant feutrée de Constance m'a fait sursauter. Constance est notre bonne. La seule qui nous reste depuis que la crise de 29 nous a contraints à réduire sérieusement la voilure de nos dépenses somptuaires.

« Merci, Constance. Ce bouillon est délicieux comme d'habitude et vous êtes une perle, comme d'habitude aussi. »

Elle a laissé la porte grande ouverte, mais je n'entends plus le brouhaha des conversations dans le salon.

« Le professeur Brosser est passé ?

– Non, Monsieur, il a prévenu qu'il aurait du retard. Madame est dans ses appartements et M. Walter est sorti pour la soirée.

– Quel dommage ! J'espérais qu'ils auraient le temps de me concocter un héritier. »

Je ne la vois pas nettement dans la pénombre de la

pièce, mais je sens qu'elle est mal à l'aise. Pauvre Constance. Elle qui a déjà un mal fou à comprendre ma situation conjugale et qui doit la réprouver de toute son âme d'honnête chrétienne, voilà que je lui balance tout à trac que non seulement je me fiche que Walter baise ma femme, mais qu'en plus j'en attends un bénéfice.

La sonnette de la porte d'entrée la sauve comme le gong un boxeur K.-O. debout.

« Ce doit être le professeur Brosser, bredouille-t-elle en s'éclipsant pour aller ouvrir.

– Ne fermez pas la porte, s'il vous plaît », ai-je la présence d'esprit de demander.

C'est bien Brosser. À l'heure qu'il est, il doit sûrement sortir de l'Opéra ou du théâtre. À moins que ce ne soit de quelque dîner mondain où on lui aura donné l'occasion de pontifier et de vouer aux gémonies la médecine moderne. Je ne peux pas l'encadrer, même en peinture. Je l'ai déjà dit à Domenica, mais cela ne l'a pas fait rire. Elle l'adore et le consulte à tout bout de champ. Il est trop vieux pour être un de ses amants, mais sait-on jamais ?

Justement, la voilà qui descend l'escalier et qui glousse son plaisir de voir ce « cher professeur Brosser ». Comme l'autre médicastre glousse autant qu'elle, j'ai l'impression d'assister à la rencontre d'un vieux coq Norfolk et d'une jeune poulette Bantam, *une adorable boule de plumes*, disait ma mère, bizarrement très férue en matière de gallinacés d'exposition.

La sonnette retentit de nouveau. C'est Romieux. Il a dû attendre l'arrivée de Brosser dans le très vaste et très confortable hall de l'immeuble. Romieux, c'est mon toubib à moi. Je le consulte discrètement, presque en cachette de Domenica, comme pour me sauvegarder une intimité de plus en plus menacée par son intrusivité.

« Je peux voir le malade ? » dit Brosser en franchissant le seuil de ma chambre sans attendre de réponse. Romieux le suit.

Je ferme les yeux et fais énergiquement semblant de dormir. Je ne tiens pas à subir la conversation inepte de ce réac bon teint qui déteste la peinture moderne et cherche absolument à me faire acheter des toiles de Bouguereau ou de Seignac pour « rehausser un peu le niveau de votre collection ».

Brosser se met à m'ausculter à grand renfort de gestes machinaux et blasés. Il m'écarte une paupière, me prend le pouls, flaire mon souffle, tout en continuant de parler aux occupants de la pièce d'à côté. « Vous avez vu *Fidelio* ? Non, eh bien n'y allez pas… Une vraie purge… Le seul intérêt, c'est que c'est l'unique opéra de Beethoven, mais il aurait pu s'abstenir. L'histoire d'une bonne femme qui se déguise en homme pour sauver le sien, d'homme. Vous voyez le genre ?… Bon, pour notre ami, c'est soit une grosse indigestion, soit une petite appendicite. Le mieux, c'est donc d'attendre que ça se résorbe. Mais à mon avis, dans huit jours il sera sur pied. »

Il se redresse, hoche la tête en émettant de petits grognements. Je hausse les épaules sans répondre. Pour une fois, je suis d'accord avec le marabout – le plus drôle, c'est qu'il ressemble vraiment à un marabout avec son crâne pelé, ses épaules en plein cintre, son éternelle écharpe blanche et son air bénin, pour ne pas dire benêt.

« Où ça, les pieds ? fait Romieux d'une voix sèche. Dans la tombe ?

– Plaît-il ? rétorque Brosser en faisant mine de quitter la chambre.

– Pouls rapide, tension basse, douleurs abdominales, ventre induré, vomissements, transit interrompu… Ça ressemble beaucoup à une péritonite. Le genre de chose dont on meurt, professeur.

– Dans les hôpitaux publics, sûrement, réplique Brosser avec un petit reniflement hautain. Comme disait mon vieux maître Bouchard, qui fut l'élève de Charcot, le pessimisme est au médecin ce que le défaitisme est au soldat. »

Au milieu du silence un peu ahuri provoqué par une assertion hardie que n'aurait pas reniée le regretté Déroulède, j'entends Domenica, qui est entrée dans la chambre :

« Bon, ça ne me dit pas ce que je fais de Paul.

– Vous m'avez demandé un second avis, ma chère, je vous le donne. À vous de décider en votre âme et conscience. »

Je souris du fond de mon lit. Je connais assez ma femme pour savoir qu'âme et conscience n'ont jamais fait partie de son barda. De toute façon, ça m'arrange. Je n'ai aucune envie d'aller à l'hôpital.

« Je ne sais pas si âme et conscience sont d'un grand secours dans une perforation du péritoine », fait remarquer Romieux.

Je sens confusément que c'est lui qui a raison, mais j'ai une telle confiance en ma bonne étoile que je m'assoupis et, amolli par les vapeurs conjuguées de la morphine et du bouillon, je repars dans les volutes de mes souvenirs.

*

Je l'ai courtisée ainsi une soirée entière et une bonne moitié de la nuit qui a suivi. En fait, après lui avoir fait l'amour – plus habilement que fougueusement, je dois bien le reconnaître –, je me suis rendu compte de deux choses. La première, c'est que j'aurais toutes les peines du monde à satisfaire le tempérament incendiaire dont elle venait de faire preuve. J'imaginais « offrir » à une jeune fille en fleur l'expérience d'un homme qui n'ignorait pas grand-chose du corps des femmes et de la manière de le leur prouver, et je me suis retrouvé sur le billard d'une experte passionnée par son sujet au point de m'apprendre des choses fascinantes sur mon propre corps. J'aime les femmes, j'aime l'amour, mais avant de la rencontrer je trouvais le sexe terriblement répétitif et, pour tout dire, un tantinet ennuyeux. La seconde, c'est qu'elle me manquerait terriblement à l'instant même où je commettrais l'erreur de la laisser partir. Au réveil, j'avais déjà décidé d'être son mari, mais du modèle complaisant plutôt que cocu. Encore fallait-il qu'elle accepte de m'épouser.

Ce qu'elle a fait en un instant, à croire qu'elle n'attendait que ça, et, quitte à changer son nom, nous avons décidé de changer aussi son prénom, sans doute parce que le sien lui rappelait un passé qu'elle préférait oublier. C'est ainsi que Juliette Lacaze est devenue, en moins de temps qu'il n'en faut à une fée pour transformer une citrouille en carrosse, Domenica Lacaze, jusqu'à la cérémonie qui en ferait Domenica Guillaume.

Pourquoi Domenica ? Je ne m'en souviens plus. Sans doute parce que nous étions dimanche et que le soleil nous faisait penser à l'Italie.

J'étais aux anges. Elle était jeune, elle était belle et, en dépit de sa surprenante maîtrise des choses du sexe, elle était suffisamment oie blanche pour que je puisse me croire capable de la sculpter comme le pygmalion que je rêvais d'être. Sans compter le ou les marmots dont elle allait enrichir ma lignée…

Je n'avais pas oublié, bien sûr, tous les signaux, depuis la folle nuit où je lui avais fait la cour et l'amour avec le sentiment confus de ne pas être sûr de qui menait le bal, mais la vie s'était faite si belle que j'avais décidé de ne tenir compte que de Domenica, sans trop chercher à comprendre.

Malgré ma peur de la voir se rétracter ou de me la faire faucher sous le nez comme le puceau fou d'amour que j'étais devenu, il m'a fallu attendre une bonne vingtaine de jours avant de convoler. Je me serais parfaitement satisfait d'un mariage express et secret avec maire complaisant et curé compréhensif, mais j'ai bien senti que Domenica voyait la chose autrement et qu'il allait falloir un peu de temps pour organiser la chose en question, et du temps, je n'en avais pas. Ma toute nouvelle frénésie amoureuse m'avait fait perdre de vue mon ancienne passion pour l'art nègre et sa célébration solennelle que j'avais échafaudée avec Apollinaire, mais qui se ferait sans lui, vu qu'il était mort sans attendre. L'événement était prévu pour le 10 juin 1919 et pour faire avaler à Domenica ce renvoi quasiment *sine die* de notre mariage, je lui ai offert cette *fête nègre* en cadeau pour son entrée officielle dans le monde. Je ne sais pas si elle m'a cru, peu importe, la fête a été si époustouflante qu'elle a fait oublier tout le reste.

Elle a eu lieu à la Comédie des Champs-Élysées un jour de canicule et pendant une longue grève des transports parisiens. Tout était réuni pour un four mémorable, sauf que la chance impudente qui m'accompagnait depuis le début était toujours fermement accrochée à mes basques et, en dépit d'un prix d'entrée pas vraiment accessible à tous, les gens sont venus. Il s'agissait ni plus ni moins que de marquer les esprits par un spectacle provocant dont toute la presse se ferait l'écho le lendemain, peu importait qu'elle nous assassine, du moment qu'elle en parle. Le programme était le suivant : *La Légende de la Création*, poèmes transposés de la tradition fang et lus par Blaise Cendrars – pâle, ascétique et mutilé de guerre mais sans distinction honorifique apparente –, histoire illustrée par une succession rapide de différents groupes tribaux au son d'instruments indigènes et authentiques, mise en scène par André Dunoyer de Segonzac et Luc-Albert Moreau. Les costumes étaient dessinés et exécutés par Janine Aghion et Guy-Pierre Fauconnet, les tatouages par Kees van Dongen et André Derain. Honegger avait composé la musique, Napierkowska et Caryathis, la chorégraphie.

Je m'étais réservé la mise en scène générale en laissant libre cours à l'extravagance loufoque héritée d'Apollinaire. J'avais ouvert le spectacle par un discours soigneusement grandiloquent sur l'art nègre en exécutant des pas de fox-trot avec une imperturbable gravité et j'avais conclu cette apologie par une phrase qui me fait toujours rire : « Le premier devoir pour une femme moderne est d'être nègre. » Après un bref instant de stupéfaction, le public m'a gratifié d'applaudissements effrénés. J'ai bien remarqué çà et là quelques visages pincés de spectateurs manifestement agacés par la prétention de mon mauvais goût, mais la musique, la folie de la fête et l'érotisme torride qui émanait de certains numéros avaient vite mis les rieurs de mon côté.

En revanche, si Domenica fut emballée par cette immersion brutale dans le grand monde, elle fut loin d'aimer ces statuettes et ces masques qui lui faisaient un peu peur. Je crois qu'elle en a quand même apprécié la valeur financière puisqu'elle n'a eu de cesse de vendre toutes celles qui décoraient notre appartement.

*

Quand nous nous sommes mariés, je vivais dans un minuscule logement à Montmartre. Impossible d'y tenir à deux, ni d'obliger Domenica à monter ou à descendre les six étages d'un escalier de service. À l'époque, je me fichais complètement de mon cadre de vie et de mon alimentation, pourvu que ce soit confortable, nourrissant et qu'il y ait suffisamment de penderies et de tiroirs pour ranger ma garde-robe certes pléthorique, mais qui constituait mon seul luxe.

En octobre 1917 – date dont je ne mesurais évidemment pas la portée historique par ailleurs –, j'ai pu réaliser mon rêve et m'acheter une galerie au 108, faubourg Saint-Honoré, quartier huppé s'il en est. C'était un local minuscule, mais les murs étaient couverts de tant de chefs-d'œuvre qu'il m'apparaissait de taille à rivaliser avec le musée du Luxembourg, le seul à exposer l'art moderne à Paris.

Mais moi, je ne faisais pas qu'exposer, je vendais. Je vendais même beaucoup.

J'ai adoré cette galerie. À tel point que, faute de trouver un article de presse qui lui rende véritablement justice, je me suis autorisé à en rédiger un moi-même, sous le pseudonyme de « Docteur Allainby », que j'ai fait publier dans *Les Arts à Paris :*

Dans sa petite galerie, Paul Guillaume a entassé tant de choses rares et surprenantes qu'il faut être un ami ou un habitué pour pouvoir contempler à l'aise la sculpture qui se cache au fond d'une vitrine ou la toile dissimulée derrière un casier. C'est ici que conservateurs de musées ou amateurs prévoyants s'alimentent en idoles et masques nègres des vieilles époques aussi bien qu'en peintures des plus jeunes maîtres modernes. Combien de toiles d'André Derain accrochées dans les premières collections du monde furent achetées ici ! On vit passer faubourg Saint-Honoré des Matisse, Picasso, Vlaminck, Utrillo, Marie Laurencin, Modigliani, Chirico, ces derniers espoirs dont le premier a déjà dépassé les prévisions formulées sur lui et dont le second est si près de les réaliser. De ci, de-là, on y trouve même des tableaux de maîtres moins discutés : des Renoir, des Monet, des Manet, des Van Gogh, des Gauguin…

Sans doute suis-je également un écrivain frustré car j'ai pris plaisir à multiplier les articles sous des identités farfelues dans cette revue qui, en fait, était une création commune de Guillaume Apollinaire et de Max Jacob.

Depuis le jour où je lui avais offert sans barguigner un déjeuner au champagne, Apollinaire et moi ne nous étions pratiquement plus quittés, sauf quand il s'était engagé pour partir à la guerre. Il m'avait déjà présenté Max Jacob et nous fréquentions le Bateau-Lavoir et des troquets en compagnie de poètes, de peintres fauchés et d'écrivains américains fascinés par la faune artistique parisienne. Hemingway, Gertrude Stein, Henry Miller, autant de noms de glorieux poivrots qui allaient contribuer à la gloire de Montparnasse et de Montmartre – et à la mienne par la même occasion.

C'est Max Jacob qui m'a introduit auprès de Marie Vizier, propriétaire d'un cabaret de Montmartre, La Belle Gabrielle. C'est là que Maurice Utrillo venait échanger ses tableaux contre sa nourriture. Les murs du cabaret en étaient couverts et la patronne s'est volontiers convertie en marchande d'art pour me céder à bas prix une collection de trente-cinq tableaux que j'ai ensuite revendus une petite fortune.

C'est aussi grâce à ces deux complices que j'ai rencontré un peintre encore inconnu, famélique, rongé par la tuberculose, mais d'une classe folle et d'une séduction extrême. Racé, toujours rasé de frais, il se lavait même à l'eau glacée – ce qui n'était pas toujours le cas de ses congénères – et portait ses fringues élimées avec une classe de diplomate. Amoureux de la poésie, il titubait en lisant des vers qu'il sortait des recueils qu'il trimballait dans ses poches ; moitié juif, moitié italien, il ne pratiquait qu'un seul culte, celui de l'outrance en matière d'alcool et de stupéfiants, qu'il consommait ensemble la plupart du temps jusqu'à devenir violent, lui qui à jeun était la douceur incarnée. Il m'est arrivé d'aller le chercher chez les flics ou dans une poubelle, souvent en compagnie d'Utrillo, son compagnon de poivrade le plus cher.

J'ai tout de suite adoré la peinture de Modigliani, mélange magique de fauvisme et de cubisme. En fait, j'étais très impressionné par sa façon de peindre. C'était comme s'il se débarrassait d'un pensum. Il restera sans doute à jamais un des artistes les plus doués pour le dessin : il n'aura jamais su ce qu'était une gomme à effacer. Il dessinait comme il s'habillait : avec une désinvolture et un sens du chic qui nous laissaient tous pantois. À partir d'une ligne tracée sur la feuille, il faisait apparaître son sujet en deux, trois gestes à la fois précis et nonchalants, quelques hachures, une touche d'ombre, et c'était terminé. Ses portraits à l'huile ne lui donnaient pas plus de mal. Son secret, c'était ce geste libre et précis, déterminé et vague, qui faisait penser à ceux dont il ponctuait ses discours. Il peignait de façon impulsive et sans paraître y accorder une attention particulière, comme s'il accomplissait une sorte de routine nécessaire à son équilibre mental. Sa palette était assez pauvre et il ne se cassait pas la tête pour mélanger ses couleurs, se contentant d'étirer les volumes de ses modèles jusqu'à la déformation pour leur donner ce regard étrangement introspectif.

Je l'ai installé dans un atelier et, jusqu'en 1916, j'ai acheté la quasi-totalité de sa production. J'ai consenti à me faire portraiturer par lui, bien que j'aie toujours eu horreur de ça. Les séances de pose avaient lieu dans une cave éclairée par une forte lampe électrique et équipée d'une seule table où siégeait un litre de vin. En fait, je crois qu'il ne m'aimait pas beaucoup, mais Max Jacob m'avait à la bonne et Modigliani adorait Max Jacob. Il a fait de moi quelques portraits, dont celui où je figure en costume et chapeau noirs. Sous le portrait, il a écrit : *Novo Pilota*, le « nouveau pilote » en italien. À l'époque, j'avais eu la vanité de croire qu'il rendait ainsi hommage à l'audace et à la sûreté de jugement de son nouveau mécène. Depuis, chaque fois que je regarde ce portrait je me demande si, comme l'affirment certains, il n'est pas plus sarcastique que laudateur. Domenica prend un air excédé chaque fois que j'évoque la question, et avec le temps j'en suis arrivé à détester ce petit bonhomme prétentieux qui sourit d'une bouche beaucoup trop rouge au-dessus d'une notice qui pourrait bien n'être que publicitaire.

Domenica n'aime pas la peinture de Modigliani. Elle la trouve plate et vulgaire. Autant dire que je suis totalement passé à côté de mon rêve de pygmalion. Après quinze ans passés à mes côtés, elle a toujours les goûts de la petite-bourgeoise de Millau, que je n'ai réussi à recouvrir que de quelques affûtiaux, falbalas et autres fanfreluches hors de prix qui tentent vainement de donner un peu de chatoiement au vide qu'est devenu son être...

J'ai horreur de penser ça d'elle. Ça m'arrive de plus en plus souvent, mais je parviens à y échapper en me concentrant sur mon travail, ou du moins la partie sur laquelle elle n'a pas mis la main. Pour ce qui est du fric et de son contrôle, c'est râpé. Je me suis rendu compte de son amour pour l'argent le jour où elle m'a vu reprendre à un client une toile cubiste à laquelle son épouse *ne parvenait décidément pas à se faire*. Je la lui avais vendue 400 francs et je lui ai proposé de la reprendre 500. « C'est qu'entre-temps la cote a monté », lui avais-je expliqué avec le plus grand sérieux. Bien entendu, le client n'a plus voulu vendre son tableau et il en a même acheté un autre. Domenica n'a rien dit, mais son regard hurlait que si elle en avait un jour le pouvoir elle s'opposerait à de telles fantaisies. Perdre volontairement de l'argent dans l'espoir d'en gagner beaucoup plus dans le futur, c'est pour elle tout simplement incompréhensible. Pourquoi attendre quand il est là, prêt à être saisi et empoché ? Et une fois qu'il est là, il faut surtout ne pas le lâcher.

Un ou deux ans après notre mariage, elle avait tenté d'« enrichir » la collection d'une de ses trouvailles. C'est Lisette, notre bonne – qui s'appelait en fait Raymonde, mais que Domenica avait immédiatement rebaptisée –, qui m'avait raconté toute l'histoire. Je l'avais chargée de me rendre compte de ce qui se passait dans la maison en mon absence, mission certes peu glorieuse, mais qui visait plus à aider Domenica en cas de difficulté qu'à la surveiller. Que Lisette, qui n'aimait pas sa patronne, en ait profité pour faire du zèle est chose assez conforme à la nature humaine.

« Un homme est venu, m'avait-elle donc chuchoté ce soir-là.

– Quel homme ? Je le connais ?

– Sûrement, Monsieur. C'est un peintre. Un certain Étienne Verbois. »

Je ne connaissais aucun Étienne Verbois, et je n'y ai plus repensé jusqu'au soir où, en entrant dans la chambre, j'ai découvert un chevalet et sa toile discrètement installés dans un coin de la pièce. Domenica lisait au lit avec un tel détachement qu'elle tenait son magazine à l'envers. Je me suis bien sûr dirigé vers le chevalet et, sans la toucher, j'ai examiné la toile. Ce n'était pas vraiment mauvais, c'était pire. On aurait dit qu'un étudiant des Beaux-Arts plutôt habile s'était ingénié à réaliser un pastiche de tous les peintres que j'aimais et que j'achetais à l'époque. J'y avais noté, en particulier, une forte inspiration de Chaïm Soutine, encore inconnu, mais sur qui je comptais beaucoup. Domenica me guettait du coin de l'œil.

« C'est pas fini, a-t-elle dit sans quitter son magazine du regard.

– Ah ! C'est pour ça…

– T'en penses quoi ?

– Ça dépend. Si tu me dis que c'est de toi...

– Ne te moque pas, Paul, a-t-elle fait avec un petit gloussement modeste. Tu sais bien que j'en suis incapable.

– Plus incapable que ça, j'en doute. C'est de qui ?

– Il s'appelle Étienne Verbois. C'est un vieux copain dans la débine. Il m'a proposé de faire mon portrait pour rien... Juste pour que tu voies son travail.

– Eh bien, il a eu tort. Tu lui diras que même pour rien, c'est déjà hors de prix.

– Tu es méchant. J'ai vu ici des horreurs bien pires que ce tableau. Celles de ce Soutine, par exemple.

– Je ne suis pas méchant. C'est une entreprise que je gère, pas un bureau de bienfaisance. Mais pour le portrait, j'aurais dû y penser. Je vais demander à Marie Laurencin de s'en occuper. Tu vas voir, elle va te plaire.

– Je m'en fiche, du portrait. C'est participer à l'entreprise que je souhaite, la faire prospérer.

– J'y compte bien, ma chérie. Imagine que la raison sociale devienne : Galerie Paul Guillaume & fils. Voilà qui aurait de la gueule. »

Je l'ai attirée dans mes bras, trop lentement pour ne pas voir l'horrible désarroi qui emplissait son regard.

Un désarroi qui me rappelait un autre épisode de notre vie intime. Des souvenirs heureux, cette fois, puisque je nous revois prendre possession du grand appartement que j'avais loué dans un hôtel particulier de la rue de Messine. Il avait bien fallu en passer par là : la galerie était bourrée, les chambres de bonne perchaient au sixième sans ascenseur et mon petit appartement était peu fait pour héberger un couple et ses impedimenta.

L'appartement n'était plus si grand que ça une fois que nous y avons eu transporté tableaux, meubles et vêtements.

Le grand salon était encombré de cadres, dont certains encore emballés. Je voulais faire de cette pièce un concentré de la collection, une sorte de catalogue grandeur nature. Comme les plafonds étaient très hauts, j'avais dressé un escabeau sur lequel je comptais monter pendant que Domenica me passerait les toiles. Je m'étais dit que cet exercice serait une bonne occasion de lui donner son premier cours sur la peinture moderne.

« Tiens, celle-ci est toute fraîche, ai-je dit en déballant la première toile. Un Soutine nouvelle manière.

– Je ne la trouve pas si fraîche, a grimacé Domenica. Il y a vraiment des gens pour acheter ça ? »

Ça, c'était un quartier de bœuf sanguinolent pendu à un croc de boucherie. On aurait dit l'acte de fureur absolue d'un dément.

J'ai souri en éloignant de moi le tableau pour le regarder longuement avant de le reposer contre le mur où attendaient une bonne vingtaine de toiles.

« J'espère bien. Je viens d'en acheter suffisamment pour couler à pic si elles ne se vendent pas. »

Mon ton était si sérieux que Domenica a soudain eu l'air inquiet.

« C'est peut-être un peu imprudent, non ? Je n'y connais rien, mais…

– Mais tu te fais du souci pour ma sagacité professionnelle et pour l'avenir financier de notre ménage », ai-je répondu sur le même ton, en déballant une nouvelle toile.

Domenica a rougi, s'est mordu les lèvres, et a presque perdu contenance, ce qui ne lui arrivait pas souvent. Elle se traitait manifestement d'idiote, et a fini par s'en sortir en laissant perler le fameux rire cristallin qui lui a ensuite servi tant de fois dans des situations autrement plus embarrassantes.

« Tu en as de bonnes, toi. M'annoncer ça alors que je n'ai même pas eu le temps de faire quelques emplettes.

– Rassure-toi. Si j'en ai acheté autant, c'est que sa cote monte de façon très prometteuse. Dans trois mois, je n'obtiendrai sûrement pas un tel prix, ai-je dit en lui rendant son rire, accompagné d'un clin d'œil ironique. Et il est bien possible que dans trois mois je n'aie plus un seul Soutine en stock. »

La leçon a porté. Domenica a compris qu'elle s'était encore fait piéger par une de mes *petites farces.* Elle s'est sans doute juré d'être plus vigilante et de ne plus se laisser démasquer par ma façon de pratiquer l'humour comme une sorte de guérilla.

« C'est l'âme de mon métier et c'est ce qui le rend si passionnant, ai-je fait en l'attirant dans mes bras. Je spécule sur le goût futur du public. Je construis ma collection comme une œuvre. Le commerce vient après, loin derrière. »

Et je me suis remis à mon déballage en fredonnant des noms de peintres.

« Soutine, Derain, Gauguin, Matisse, Picasso, Modigliani, Monet, Renoir, Cézanne…

– C'est beau comme du grégorien, a-t-elle osé avec un petit rire d'excuse. On dirait que tu chantes la messe.

– C'est un peu ça, ma chérie, me suis-je exclamé, ravi par cette communion d'esprit. Même si aucun de ces noms n'a la moindre chance d'être canonisé par le Vatican.

– Ça, tu n'en sais rien. La vie des saints commence souvent par une litanie de crimes abominables.

– Tu as raison. Et si on réfléchit bien, il y a peu de différence entre le saint et l'artiste… » J'ai repris le Soutine en pouffant de rire. « Si Soutine m'entendait le traiter de saint, il cesserait tout contact avec moi. »

J'ai posé la toile en face de la fenêtre.

« Ouais… Bien éclairé ou non, ça reste un morceau de bidoche.

– Erreur, ma chérie… Par la grâce de l'artiste, ce que tu prends pour un morceau de bidoche s'est transformé en morceau d'éternité.

– Par la grâce de l'artiste ou par celle de son marchand ?

– Bien vu, mon amour, ai-je répondu dans un petit rire. Continue comme ça et tu pourras prendre ma place. Bon, trêve de bavardage. Tiens-moi cet escabeau pendant que j'accroche ces toiles. »

L'escabeau en question était un vieux machin branlant qui n'inspirait pas la moindre confiance à Domenica. Elle le tenait fermement d'une main, pendant que de l'autre, elle m'alimentait en clous, outils divers et conseils avisés.

J'ai soudain senti que ma ceinture était défaite et que mon pantalon me dégoulinait lentement le long des jambes.

« Domenica, ma chérie… mais qu'est-ce que tu fais ? ai-je demandé d'une voix légèrement altérée.

– Je m'occupe comme je peux… Il faut dire que la situation s'y prête. »

Mon pantalon a terminé sa dégringolade, mon caleçon de soie l'a suivi de près, en revanche mes protestations sont restées en rade, sans doute parce que j'étais trop occupé à m'accrocher là où je pouvais. J'avais bien tort de m'inquiéter. Domenica me tenait d'une main et de toute sa bouche. C'est à peine si j'ai fléchi légèrement les genoux en jouissant.

« Inutile de descendre, mon chéri, a-t-elle ronronné. Je remets tout en place. »

Elle a remonté caleçon et pantalon, bouclé la ceinture, et a levé les yeux vers moi.

« Quoi ? a-t-elle demandé. Je n'aurais pas dû ?

– Si, bien sûr, mon amour. C'était… divin et si… si… Tiens, j'en perds littéralement la parole. C'est juste que j'ai une pensée émue pour tous ces braves spermatozoïdes confiants qui croyaient se ruer sur un ovule accueillant et qui ont dû se contenter d'une chute vers l'abîme dans une odeur de dentifrice. »

Je jure que je ne sais pas ce qui m'a pris de dire ça. Un trait d'humour qui aurait sans doute fait rire Apollinaire, mais qui a figé Domenica sur place. Tout de suite, j'ai éclaté d'un bon rire. Un rire joyeux, détendu, le rire d'un homme repu qui ne peut retenir une bonne blague quand elle se présente.

Il n'empêche qu'une fois de plus, j'avais pu lire sur son visage quelque chose qui ressemblait à une sorte d'effroi à la simple idée de maternité.

*

Dans le fond, je suis toujours amoureux d'elle, et je pense qu'elle m'aime toujours comme au premier jour, ce qui, loin d'être forfanterie ou naïveté de ma part, n'est au contraire qu'un constat enfin lucide. Car j'ai cessé depuis peu de croire qu'elle ait pu être un jour amoureuse de moi. Domenica n'est pas une amoureuse, aucune collectionneuse d'hommes ne peut l'être vraiment et, comme au premier jour, elle continue à m'aimer comme elle aimait l'époux qu'elle pressentait que je serais le jour où elle m'a dit oui, sans passion, mais avec une réelle admiration pour ce que j'étais, ce que j'avais créé *ex nihilo*, et qu'elle comptait certainement faire prospérer à sa façon.

Pourquoi pas, après tout ? Je suis loin d'être un parangon de vertu. Certains me traitent de rapace. On m'a même attribué une devise : *Il faut promener sa faim de bon aloi et saisir avec des mâchoires barbares*. Ce n'est pas de moi, mais il me faut bien le reconnaître, *se non è vero è ben trovato*, comme disait Modigliani chaque fois qu'il doutait un peu de mon honnêteté.

*

J'ai suivi l'enterrement de Modigliani en me disant que je venais de perdre le peintre qui, avec Utrillo, m'avait sans doute rapporté le plus d'argent. Suis-je vraiment le *Novo Pilota*, ou un simple marchand d'art béni par la chance, un commerçant de l'espèce la plus vile, ayant l'art de dépouiller ses victimes en leur faisant croire qu'il leur sauve la vie ? L'oraison funèbre de Max Jacob sur la tombe de Modigliani ne m'a pas beaucoup rassuré sur ce point : « … orgueil à la limite de l'insupportable, cette épouvantable ingratitude, cette arrogance, tout cela n'était que l'expression d'une exigence absolue de pureté cristalline, d'une sincérité sans compromis qu'il s'imposait à lui-même, dans son art comme dans la vie… Il était cassant comme le verre, mais aussi fragile et aussi inhumain, si j'ose dire[1]. »

1. Fiorella Nicosia, *Modigliani*, Paris, Gründ, coll. « Vies d'artistes », 2005, trad. Étienne Schelstraete.

*

Modigliani n'était pas le peintre le plus détesté de Domenica. Si j'ai immédiatement eu le béguin pour les toiles de Chaïm Soutine, j'ai tout de suite eu un peu de mal à apprécier le peintre. Il vivait à la Ruche, sorte de phalanstère cosmopolite où s'entassaient pêle-mêle des artistes de toutes sortes qui débarquaient de partout, principalement d'Europe orientale. On y louait de petits ateliers bon marché, et la fréquentation en était des plus relevées puisqu'on y trouvait, entre autres, Zadkine, Brancusi, Chapiro, Kisling, Epstein, Chagall ou Lipchitz. Rongé par la vermine, Soutine était aussi sale et dépenaillé que Modigliani était propre et élégant. Ses vêtements étaient usés au-delà de la corde. S'il n'avait plus de chemise il se fabriquait un plastron en enfilant ses bras dans les jambes d'un caleçon – quand il n'allait pas nu, disait-on, sous son manteau –, il sortait parfois aussi les pieds enveloppés de chiffons et de papier. Le contraire absolu de ce dandy de Modigliani, et pourtant ces deux-là formaient une des plus belles paires d'amis qu'il m'ait été donné de rencontrer.

Totalement séduit par cette œuvre à l'esthétique déroutante où se mêlaient avec bonheur, comme chez Modigliani, fauvisme et cubisme, j'ai proposé à Soutine d'être son marchand, ce qu'il a accepté avec une mauvaise grâce évidente. Domenica s'était bien sûr opposée vigoureusement à cette décision. Elle prétextait que même si Soutine se vendait bien, il donnait à la collection une image qui ne *convenait* pas à sa postérité. J'ignore toujours ce qu'elle voulait dire par là et je ne le lui ai jamais demandé vu que l'image et la postérité de la collection ne regardent que moi.

Le retour sur ce modeste investissement n'a pas tardé. Un collectionneur est tombé en arrêt devant une toile exposée dans ma galerie et a voulu en acheter deux. Je n'en avais plus en stock. J'ai aussitôt foncé chez Chaïm pour tirer de sous son lit deux de ses dernières toiles. J'ai donné 300 francs à un Soutine éberlué, mais ravi – pour autant que le ravissement ait pu être une expression exprimable par Chaïm. Au collectionneur qui me demandait le prix des tableaux, j'ai indiqué une somme et il m'en a donné le double, persuadé que je lui avais donné le prix à l'unité.

« Combien j'en donne à Chaïm ? avais-je demandé à Domenica qui avait suivi toute la scène.

– Pourquoi veux-tu lui donner quoi que ce soit ? Tu l'as déjà payé largement, non ? Sans toi, ces deux horreurs seraient toujours sous son lit puant. »

Il me faut préciser que, horrifiée par mes pratiques dispendieuses autant que par le concept Soutine en général, elle avait entrepris de surveiller la gestion financière de l'entreprise.

Elle a fini par le prendre, ce pouvoir sur lequel elle louchait tant. Insidieusement. Pas sur le choix des œuvres

– encore qu'elle ait souvent essayé de me fourguer des nanars, soit par goût, soit par une vieille gratitude pour ses copains *d'avant* – mais sur les finances de l'entreprise. Pas les siennes, bien sûr. Elle roule toujours en Hispano-Suiza – sa voiture de prédilection depuis que, petite, elle en avait vu une débarquer dans son bled –, elle continue d'écumer les boutiques les plus chics de Paris, mais sa pingrerie pour tout ce qui ne la prive pas personnellement est devenue un sujet des conversations mondaines. Elle *oublie* régulièrement de donner des pourboires à sa coiffeuse à domicile, néglige les étrennes des domestiques et rogne impitoyablement sur leurs gages. Un jour, elle a même demandé une ristourne à sa modiste sous prétexte qu'elle achetait deux chapeaux à la fois. Je veille autant que je peux à réparer ces rapiateries dans son dos, mais je sais que beaucoup de choses m'échappent et les gens commencent à parler. Peut-être est-ce la conséquence de son éducation et de sa jeunesse à Saint-Affrique, car c'est bien de là qu'elle vient, et non de Millau comme elle me l'avait affirmé.

« Saint-Affrique ! Mais votre rencontre a dû être manigancée par quelque sorcier bambara, peul ou mandingue, s'est exclamé un jour Max Jacob. Tu avais déjà lié ton sort à l'Afrique noire bien avant qu'elle surgisse devant toi. »

*

Mais je m'égare dans mes souvenirs. Voilà même que je les teinte d'une amertume que je m'étais juré de ne jamais révéler à qui que ce soit, et surtout pas à moi-même. J'aurais vraiment voulu ne me souvenir que des bons moments. Ceux où nous étions jeunes, beaux (surtout elle), riches et célèbres. De cette époque où nous méprisions les conventions sociales des bons bourgeois que nous tondions avec allégresse tout comme nous nous enrichissions sur le dos du prolétariat des peintres qui nous auraient tranché la gorge s'ils avaient su le prix que leurs œuvres atteignaient en passant de leur taudis à ma galerie.

Voilà que je vire bolchevique... C'est sans doute la morphine...

*

Pour en revenir à Soutine, c'est aussi grâce à lui que j'ai fait la connaissance de cet Américain à la fois riche comme Crésus, amateur éclairé d'art et animateur du *New Negro Movement*, qui préconisait rien de moins que l'égalité entre les Noirs et les Blancs. Mon goût et ma connaissance de l'art nègre ont grandement favorisé notre amitié. Le docteur Barnes, avant de devenir immensément riche grâce à l'invention de deux médicaments, avait été en classe avec John Sloan et William Glackens, qui deviendront tous les deux des peintres importants de la nouvelle école américaine et, comme si ça ne suffisait pas, la chance (et sa mère) l'avait guidé tout jeune vers des églises où l'on chantait les psaumes sous forme de negro-spirituals. Il en avait acquis une grande sympathie et une grande curiosité pour la culture afro-américaine à l'époque où l'on pendait couramment des hommes noirs pour avoir simplement marché sur le même trottoir qu'une femme blanche.

Un jour, j'ai trouvé cet homme extraordinaire positivement en arrêt devant *Le Petit Pâtissier* de Soutine exposé dans ma vitrine.

« Vous en avez d'autres ? m'a-t-il demandé, le souffle un peu court.

– Sans doute un ou deux, dans ma réserve.

– Vous connaissez le peintre ? Est-ce qu'il vit à Paris ?

– Oui, ai-je dit en sortant ma montre. Il est même probablement réveillé. »

Sans perdre un instant, nous nous sommes retrouvés dans un taxi en route pour la Ruche. En chemin, il a eu le temps de me dire qui il était, de me parler de sa collection personnelle – quelques Cézanne, Matisse et Picasso – et de m'avouer qu'il était venu me voir pour parler d'art nègre. J'ai appris du même coup qu'il passait par Durand-Ruel pour acheter de l'art à Paris, et je me promis illico de faire cesser ce scandale.

Sitôt descendu du taxi, Barnes m'a fait une démonstration de la méthode américaine en matière de commerce d'art. Pas du tout impressionné par l'invraisemblable capharnaüm qui s'entassait dans l'atelier, ni par l'odeur pestilentielle qui s'en dégageait, il a sorti d'une main un mouchoir qu'il s'est plaqué sur le nez et de l'autre une épaisse liasse de dollars qu'il a posée sur une table, sous le nez de Soutine. Ensuite, sans prononcer le moindre mot, il nous a chargés du maximum de toiles possible et nous a fait reprendre le taxi en sens inverse.

Furieux, Soutine n'a plus voulu entendre parler du docteur Barnes ni de moi, puisqu'il m'a imposé de traiter désormais avec lui par l'intermédiaire de Zborowski. Il n'empêche que, tout fâché qu'il était, l'accrochage de tous les tableaux achetés par Barnes pendant son séjour et parmi lesquels figuraient seize Soutine a fait monter considérablement la cote de ses toiles.

*

« À quoi penses-tu, mon chéri ?

– Mais à toi, mon amour. »

Elle est entrée sans que je l'entende et je suis aussi gêné que si elle m'avait surpris en train de me masturber. Elle apporte une carafe d'eau fraîche qu'elle pose à côté de la pile de médicaments, et sort immédiatement un pendule qu'elle se met à faire tourner au-dessus de mon bas-ventre.

« Menteur, dit-elle avec ce sourire qui, bon an mal an, continue à m'ensorceler. C'est bien là que tu as mal, n'est-ce pas ?

– Tu crois vraiment que ce machin ?…
– Tais-toi. Laisse-moi me concentrer.
– Pendant que tu y es, demande-lui si c'est de l'eau de vaisselle. »

Elle sent venir le coup. Pour mieux l'encaisser, elle se tasse comme un boxeur.

« Qu'est-ce que tu veux dire ?
– Je ne sais pas, moi. Mon médecin, Romieux, m'a laissé un jour entendre que mon sperme pourrait n'être que de l'eau de vaisselle. Alors, vu que tu es toujours bréhaigne, je me demande si la malédiction s'est aussi étendue à tous les mâles de Paris. »

C'est d'une méchanceté crasse, d'une vulgarité qui devrait normalement me faire honte, mais aujourd'hui, allez savoir pourquoi, je me sens prêt à tout.

Elle me lance un regard si noir que la lumière de la pièce baisse de quelques watts.

« Tu ne te remets jamais en cause, hein ?
– Moi, si. Mais c'est sur le reste de la population mâle parisienne que j'ai des doutes.
– Tu es immonde, crache-t-elle.
– Pourquoi ? Parce que je suis prêt à accepter comme mon enfant tout ce qui sortira de ton ventre ? »

Je la vois à peine, mais je la sens qui se crispe.

« Décidément, tu es d'une affligeante vulgarité. »

Je m'essaye à un rire sarcastique, et c'est comme si un âne venait de me ruer dans les tripes. Ma vue se trouble, j'ai toutes les peines du monde à rester conscient. Dans la lumière chiche qui tombe de ma lampe de chevet, son sourire dentu ressemble à un masque pongdudu.

« On verra ça plus tard, je bafouille. Quand je serai moins malade. J'aurai à te faire part de mes nouvelles dispositions. »

Elle sort du halo et quitte la pièce sans refermer la porte.

*

Un jour où, par miracle, nous n'étions pas sortis, mais restés au lit à bouquiner comme un de ces couples de bourgeois que nous méprisions tant, Domenica a violemment jeté par terre un magazine d'art dont je lui avais conseillé la lecture.

« Si tu tiens absolument à me faire lire des âneries, trouve-m'en au moins des rigolotes. »

Plongé dans mon bouquin, j'ai sans doute répondu n'importe quoi, parce qu'elle a récupéré la revue et me l'a lue à voix très haute :

« *Il n'y a pas dans l'art de vérité universelle. Dans l'art, une vérité est ce dont le contraire est également vrai.*

– Eh bien ? ai-je fait sans lever les yeux de mon livre.

– Eh bien, c'est parfaitement absurde. Ça n'a aucun sens.

– Si, ma chère, ça a du sens. C'est une sorte de paradoxe. Un moyen un peu tordu d'arriver à la vérité. »

Il m'arrive d'être condescendant. J'avais sans doute

dû l'être un peu trop, car elle m'a balancé la revue dans la hure.

« Quelle vérité ? Celle-là ou son contraire ? »

C'était si drôle, si à propos, que j'en ai posé mon livre et que je l'ai prise dans mes bras pour rire à mon aise. Elle riait aussi. Elle riait même tellement que j'ai mis un peu de temps avant de m'apercevoir qu'elle sanglotait. J'ai cru que c'était mon rire qui l'avait blessée et j'ai essayé de la réconforter, maladroitement, comme j'avais commencé.

« Je suis désolé… Ça n'avait rien de méchant. Au contraire, je…

– Oh, Paul, comment peux-tu être à la fois si malin, si intelligent, et aussi obtus quand il s'agit de ta femme ? Non… laisse-moi finir pendant que j'en ai le courage… »

Ce qu'elle me reprochait, en gros, c'était de faire semblant de l'éduquer à être mon associée en lui farcissant la tête de théories compliquées dont on pouvait même douter qu'elles aient le moindre sens, tout en la maintenant éloignée du business de la galerie qui, tout bien considéré, ne consistait jamais qu'à vendre le plus cher possible des produits qu'on avait achetés le moins cher possible. Pas besoin d'avoir fait Polytechnique pour comprendre ça.

« Je te laisse volontiers le choix des artistes et de leurs tableaux, a-t-elle conclu, du moment que je ne suis pas obligée de les fréquenter et de m'extasier bruyamment sur un quartier de viande pendu dans une échoppe, ou sur une femme qui vous regarde avec son pied vu que la pauvre n'a plus que ça dans les orbites. »

Elle m'a ému, je le reconnais. Elle pleurait extrêmement rarement, pour ainsi dire jamais, mais quand elle le faisait, c'était aussi bouleversant que de voir naître des larmes sur un bloc de granit. Aussi crédible aussi, mais ça je l'ignorais encore.

« Écoute, ma chérie, ai-je dit en la serrant contre moi. Je suis orphelin de père, ma mère tenait un petit bouclard de mode rue Pigalle. Je n'ai jamais fait d'études et le seul métier que j'ai appris, c'est celui de garagiste. Alors, fais comme moi : regarde, fie-toi à ton instinct et laisse les autres croasser. »

J'étais d'autant plus sincère que je l'aimais d'amour, et que – exception faite de ses surprenantes connaissances en matière de physiologie sexuelle – je la prenais toujours pour une ravissante oie blanche.

J'avais raison sur un point : elle est toujours ravissante.

Pour le reste, elle a fait ce que je lui ai conseillé : elle s'est brillamment adaptée. Si j'avais jamais été tenté d'en douter, le coup des cadres aurait à lui seul prouvé combien j'avais tort.

*

Après deux années de conflit, le marché de l'art était quasiment au point mort. L'entrée en guerre, elle, avait été presque catastrophique. Je serais bien parti comme nombre de mes amis, mais le conseil de révision en a décidé autrement. En revanche, Apollinaire et de nombreux artistes y étaient allés. Avec Guillaume, j'avais perdu à la fois mon mentor et mes contacts et je me suis trouvé contraint de fermer boutique. Difficile de vendre de l'art quand l'Europe et bientôt le monde entier s'étripent. Cependant, et une fois de plus, Apollinaire m'a sauvé la mise. En mai 1914, il m'avait présenté le dessinateur mexicain Marius de Zayas, un homme de goût et de talent, véritable gentleman tel qu'en avait fait naître la Renaissance chez nous. Il lui avait communiqué, entre autres, une vraie passion pour l'art africain et lui avait fait découvrir de nombreuses œuvres des maîtres modernes et contemporains : Braque, De Chirico, Derain, Modigliani, Picasso, Vlaminck. Grâce à lui, j'ai pu exporter pendant ces années creuses des cargaisons de statues africaines et océaniennes ainsi que nombre de toiles des peintres que je représentais.

Ensuite, ça s'est un peu gâté. Empilées à même le sol ou alignées le long des murs, les toiles s'accumulaient dans les trois chambres de bonne de l'avenue de Villiers. Des piles de tableaux magnifiques, une sorte de tonneau des Danaïdes à l'envers : quand j'en vendais un, il en rentrait dix. Je m'accrochais comme un pou sur tous les clients, même vaguement intéressés, et je m'acharnais à contrer leurs objections comme un duelliste sur le point d'être lardé.

Le vent a fini par tourner. J'ai pu rouvrir ma galerie de la rue de Miromesnil et, grâce à De Chirico, retrouver la trace d'Apollinaire. En avril 1916, du front de Champagne, il m'a écrit une lettre pleine de judicieux conseils : « Achetez des tableaux bon marché : Rousseau, Picasso, Laurencin, Bonnard, Cézanne, et vous savez quoi ? Écrivez-moi, ne montrez pas nos lettres et, espérons-le, à bientôt. »

*

Ce n'est pas tout de savoir repérer le talent, il faut encore savoir le vendre. C'est ce que je me suis tué à expliquer à Domenica qui, manifestement, n'appréciait guère le côté *marchand* de notre activité. Un jour, alors que j'étais sur le point de vendre un Picasso, l'acheteur m'a annoncé qu'il était désolé, mais qu'il n'en voulait plus parce qu'il ne s'harmonisait pas du tout avec le reste de son mobilier. J'ai hésité un instant entre fondre en larmes et virer *manu militari* le béotien de ma galerie, quand soudain j'ai eu une véritable idée de génie. J'avais dans mon arrière-boutique une peinture infâme que j'avais été obligé de racheter contre la vente d'un Utrillo. J'ai retiré la croûte du cadre en bois doré de style Louis XV qui l'hébergeait et j'ai installé à la place le Picasso, qui par chance était du même format. Le client, ravi, a acheté le Picasso sans plus barguigner.

Dès le lendemain, je me suis mis à courir les salles de

vente, les antiquaires et les brocanteurs pour racheter tous les tableaux possibles pourvu qu'ils soient sertis dans un de ces somptueux cadres dorés, bien lourds et bien chargés, que les bourgeois du faubourg Saint-Germain adorent et qui sont si bien assortis à la commode Louis XVI qui leur vient de leurs grands-parents.

Non seulement ça a marché, mais ça continue. J'achète toujours des navets qui finissent la plupart du temps à la poubelle, pendant que leurs dignes cadres anciens servent de paravents aux extravagances des créateurs modernes.

C'est ce que j'avais raconté à Domenica qui, au début, avait un peu de mal à comprendre pourquoi j'emballais des *gribouillis sans valeur* dans des écrins dorés. Elle a si bien compris que je l'ai entendue expliquer à un parterre de rombières visitant une de mes expositions que c'était elle qui avait eu l'idée de *rehausser* le côté souvent un peu aride de l'art moderne par celui plus rassurant du *classique*. « J'ai préféré ne pas mentionner l'aspect commercial de mon idée, m'a-t-elle expliqué sans sourciller. Inutile de révéler nos trucs à des acheteurs potentiels. »

Domenica ne mentait pas souvent, mais quand elle le faisait c'était avec une telle assurance qu'on pouvait raisonnablement y voir un déni de réalité.

Un jour, peu de temps après notre mariage, à la suite d'une folle soirée à boire et à danser, je lui avais proposé de la ramener à la maison avant d'aller voir un peintre qui se levait à l'heure où nous allions nous coucher. Elle ne m'avait pas demandé de qui il s'agissait, mais avait insisté pour m'accompagner.

Nous nous sommes dirigés vers l'est de Paris. Elle a frémi quand j'ai engagé la voiture sur le boulevard de Clichy et s'est carrément raidie lorsque je me suis garé devant le numéro 36.

« Je crois que je vais t'attendre ici, a-t-elle dit d'une voix dure.

– Ah, tu connais Julius ? ai-je fait avec un sourire en coin.

– Pas du tout ! C'est juste que j'ai un peu froid... »

Elle était emmitouflée jusqu'au nez dans une de ses fourrures et je connaissais suffisamment la capacité de Julius Pascin à se montrer désagréable, voire grossier, pour ne pas insister. J'étais quand même un peu étonné qu'une femme qui, comme Juliette Lacaze, avait roulé sa bosse dans le milieu des peintres ne connaisse pas Pascin. Il était réputé pour être un grand consommateur de modèles, qu'il traquait dans tous les territoires de chasse ouverts la nuit. Une beauté comme Juliette aurait difficilement pu lui échapper.

La porte de l'atelier s'est ouverte sur le beau visage viril de Julius Mordecai Pincas, devenu Jules Pascin en peinture sur les instances d'une famille de financiers bulgares horrifiée de voir leur patronyme associé à celui de leur rejeton, artiste et débauché notoire, que Paris avait anobli sous le nom de *Prince de Montparnasse*. Je ne peux m'en souvenir sans évoquer son suicide, ses obsèques et la très belle phrase que le poète André Salmon a fait graver sur sa tombe : *Homme libre héros du songe et du désir de ses mains qui saignaient poussant les portes d'or esprit et chair Pascin dédaigna de choisir et maître de la vie il ordonna la mort.*

Il venait manifestement de se lever et sa mine, déjà rongée par l'alcool et les excès, avait quelque chose d'halluciné.

« Tiens, un marchand de tableaux, a-t-il dit en s'écartant pour me laisser passer. C'est un peu tôt pour une visite honnête, non ?

– Sans doute parce qu'elle n'est pas si honnête que ça, ai-je souri. Comment allez-vous, cher Julius ? J'espère que je ne vous ai pas interrompu en pleine... création.

– Impossible, a-t-il ricané. Je ne crée jamais si bien que quand je dors ou pense à autre chose. D'ailleurs, voyez vous-même, l'usine est prête à tourner. »

Le mot *capharnaüm* semble avoir été inventé pour désigner la pièce qui lui servait de logement et d'atelier. Des bouteilles vides gisaient un peu partout, des toiles en divers états d'achèvement attendaient sur des chevalets ou contre le mur, des liasses de dessins étaient éparpillées un peu partout. Sur un canapé, une couverture animée par des formes indistinctes s'agitait faiblement.

« Tiens donc, on dirait que vous les avez réveillées. »

Comme si elle n'attendait que ça, la couverture a

glissé jusqu'au sol, révélant deux très jeunes femmes pas le moins du monde gênées par leur nudité.

« Si le cœur t'en dit... Faites donc un peu de place à ce bon monsieur Paul, mesdemoiselles. Après tout, c'est grâce à lui que je vous paye aussi grassement.

– Vous feriez mieux de leur faire du café », ai-je suggéré en m'approchant du chevalet installé face au divan.

On y voyait un très beau dessin des deux jeunes femmes, inachevé mais d'un réalisme cru. Elles avaient l'air encore toutes fraîches, ce qui m'a surpris. Outre sa femme Hermine, et sa maîtresse, il avait l'habitude de recruter ses modèles parmi les pensionnaires des maisons closes et des lieux mal famés de la faune montmartroise et il couvrait des carnets entiers de dessins voluptueux, parfois érotiques, mais toujours empreints d'une ineffable tristesse.

« Joli... Vous êtes un grand dessinateur, Julius. Ne laissez personne vous dire le contraire. Ça vous ennuie si je jette un coup d'œil sur le reste ? »

Sans attendre la réponse, j'ai commencé à fureter dans l'atelier.

« J'ai aussi une série avec Juju Lacaze, si ça t'intéresse. »

Il a sorti un grand dessin de Domenica, saisie dans une pose obscène.

« C'était juste avant que tu en fasses une femme honnête. »

Je n'ai pas moufté. Je me suis contenté de prendre le dessin et de l'ajouter à ceux que j'avais déjà sélectionnés.

« Tu as l'air tout gêné, mon bon Paul. Je suppose que je ne te montre rien que tu ne connaisses déjà. Et puis pourquoi une femme serait-elle moins obscène de dos que de face, pourquoi une paire de seins, un nombril, un pubis sont-ils de nos jours encore considérés comme impudiques ? D'où viennent cette censure, cette hypocrisie ? De la religion ? »

Je me suis bien gardé de répondre et j'ai continué à faire mon marché. Mais, manifestement, Pascin n'était pas prêt à lâcher le morceau.

« Je suis sûr qu'elle attend dans la voiture. Pourquoi tu ne lui dis pas de venir ? Les petites sont jeunes, mais je peux t'assurer qu'elles ont été à bonne école…

– Ne vous fatiguez pas, Julius. Je sais, et elle sait que je sais. »

Le sourire cynique de Pascin a déserté tout d'un coup son visage, comme un boxeur qui vient d'encaisser le coup de trop.

« Maintenant c'est les marchands qui viennent débaucher nos modèles… Je ne vous aimais déjà pas beaucoup, Paul Guillaume, mais vous étiez un mal nécessaire. À présent… »

J'ai souri, j'ai sorti mon portefeuille, j'en ai tiré une liasse de billets que j'ai posée devant lui et qu'il a empochée sans un regard.

« Vous ne les comptez pas ?

– À quoi bon ? C'est vous qui faites les prix. »

*

« Alors ? » a demandé Domenica.

Je me suis installé au volant avant de répondre.

« Finalement, tu as bien fait de ne pas venir.

– Ah bon ?

– Il a prétendu te connaître. Il m'a même donné un vieux dessin de toi en guise de cadeau de mariage.

– Ah bon ?

– Tu jugeras par toi-même… Je ne sais pas ce que ça vaut, je n'ai pas eu le temps de regarder. »

Je n'ai plus jamais revu ce dessin. Plus tard, j'ai appris qu'elle avait fait le tour des ateliers et des galeries pour racheter et détruire tous les portraits ou esquisses qu'avaient fait d'elle des peintres qu'elle affirmait ne pas connaître.

Je suis sûr que si elle avait trouvé un moyen pour me faire avaler qu'elle était vierge avant de me connaître, elle l'aurait utilisé.

Pourtant nous nous aimions et nous amusions beaucoup. Bien sûr, avec les années nous nous amusons moins ; le temps nous a passablement entamés – surtout moi –, et, la crise de 29 ayant sérieusement rogné notre capital, nous faisons moins la fête, mais Domenica continue à écumer Paris dans son Hispano, à accumuler colifichets, fanfreluches hors de prix et vêtements somptueux, qu'elle ne met souvent qu'une fois.

Mais est-ce que nous nous aimons toujours ?

Je crois que Domenica a cessé de se poser la question. Pourquoi le ferait-elle ? Elle a un mari riche qu'elle a aidé à devenir plus riche encore, et pour le sexe, elle a le Tout-Paris, sans distinction de genre. Elle m'a même affirmé un jour que sa sexualité débordante était une excellente façon de veiller sur notre patrimoine, en ce qu'elle lui permettait de sonder les reins et les pensées de personnages haut placés dans la politique et la finance.

Quant à savoir si moi, je l'aime toujours, la réponse, tout en restant malgré tout globalement affirmative, est souvent soumise à de violents afflux d'amertume et d'exaspération. Exaspération pour cette stupéfiante pingrerie qui ne cesse d'augmenter et de se manifester de façon très embarrassante. Exaspération pour sa manière d'être charmante et délicieuse quand tous cèdent devant elle alors qu'elle sait si bien se montrer parfaitement odieuse. Exaspération pour l'autorité totalement abusive qu'elle exerce sur moi en prétendant régenter ma vie, mes déplacements, mes journées, mes régimes. Elle m'impose ses médecins, ses amants, ses extravagances et même les peintres dont elle s'entiche. Pour l'amertume, c'est autre chose. Quelque chose de plus sourd, de plus profond et de plus en plus violent en moi. Je ne sais pas quand m'est venue l'envie d'un enfant, mais cette envie s'est bel et bien imposée comme la seule chose que peut désirer un homme qui a déjà tout. Au fond, je n'ai rien créé, rien modelé de mes mains, et ce que mon cerveau a produit ne vient que d'une sorte de flair animal qui me fait sentir le génie des autres avant tout le monde pour mieux le négocier à leurs dépens. Je ne suis qu'un marchand, avec tout ce que ce mot contient de mépris pour le goût du lucre que cette activité implique. Dieu sait que j'en ai rêvé et que j'ai essayé, mais mon nom ne sera jamais accolé à la moindre œuvre d'art. Si j'aime passionnément la peinture, je suis condamné à flotter loin dans son sillage, au même rang sans doute que le fabricant des pinceaux de Monet ou celui des couleurs de Modigliani. Bref, j'en étais venu, les soirs de déprime, à ruminer sur la mort et, de fil en aiguille, sur l'immortalité. Vaste programme quand on est comme moi très vaguement croyant et que l'on tient la religion pour une institution sociale destinée à empêcher les pauvres de prendre les armes et à inciter les riches à ne pas trop faire étalage de leur bonheur. La seule solution, outre de laisser par n'importe quel moyen une trace, reste de se reproduire. D'autant que mon œuvre, c'est ma collection et elle seule. Je sais qu'elle aura marqué son temps et si je n'ai personne à qui la transmettre, elle disparaîtra dans une des convulsions de l'Histoire, et mon nom avec elle. C'est sûr qu'une descendance me comblerait. Peu importe à qui je la devrais. À cet égard, Domenica pourrait même choisir l'étalon en fonction de critères strictement eugéniques, du genre de ceux pratiqués dans les haras.

Nous avions déjà eu quelques escarmouches, et elle réagissait chaque fois de façon si épidermique que j'abandonnais le sujet sans vraiment insister. Nous étions jeunes et, après tout, nous avions bien le temps de nous encombrer d'un marmot qui, comme elle me le répétait, aurait incontestablement déformé sa silhouette et sa poitrine auxquelles elle tenait tant. J'avais fini par me dire que, comme chez toutes les femmes, le désir d'enfant viendrait une fois que la prime jeunesse se serait un peu émoussée. Ce qui était parfaitement idiot, je n'y connaissais décidément pas grand-chose en matière de femmes.

C'est en écoutant une conversation qui ne m'était pas destinée que la fameuse puce m'est venue pour la première fois à l'oreille.

Comme elle voulait qu'on fasse son portrait, je l'avais mise en relation avec Marie Laurencin. Un jour que j'étais rentré plus tôt à la maison et que je m'étais installé pour lire au salon afin de ne pas déranger la séance de pose, les voix des deux femmes me sont nettement parvenues.

« Pardonnez-moi si je suis indiscrète, disait Domenica, mais je me demandais si vous étiez mariée.

– Divorcée, ma chère. Ça prend un peu plus de temps, mais c'est beaucoup plus chic. Pourquoi, vous cherchez à changer de statut ?

– Moi non, s'est récriée Domenica, mais sait-on jamais.

– Paul ? Vous n'y pensez pas ? Il ne peut déjà plus se passer de vous.

– Oui, mais s'il lui arrivait quelque chose...

– Eh bien, vous prendriez sa place », a dit Marie d'un ton léger. Il y a eu un long silence, puis Marie a repris : « Ah, je vois… Le fameux problème de la compétence des femmes… Mais, ma chère, l'art échappe à toute idée de compétence. Les peintres ne savent pas ce qu'ils peignent, les critiques ne savent pas ce qu'ils disent et les marchands se contentent de savoir qui peut payer. Alors, la compétence…

– Vu sous cet angle… », a fait Domenica dans un éclat de rire.

Le silence est revenu et l'on n'a plus entendu que la soie du pinceau de Marie chatouillant la toile. Je m'amusais bien trop pour signaler ma présence.

« Et Apollinaire, il était comment ? a demandé Domenica.

– Avant d'avoir bu, il m'écrivait :

Mon ALAMBIC, vos yeux ce sont mes ALCOOLS
Et votre voix m'enivre ainsi qu'une eau-de-vie
Des clartés d'astres saouls aux monstrueux faux cols
Brûlaient votre ESPRIT sur ma vie inassouvie.

« Mais après, il avait le vin tellement mauvais que j'ai dû renoncer à l'épouser.

– Vous le regrettez ?

– Comment regretter d'avoir été la muse d'un homme qui vous a offert l'amour sous sa forme immortelle ? Non, ce que je regrette, c'est d'avoir épousé le suivant. Il buvait autant, mais pour ce qui est de la poésie… »

De nouveau le silence et le bruit ténu de l'art en formation.

« Vous avez des enfants ? a demandé Domenica.

– Vous rigolez ? Pour quoi faire ?

– Vous avez fait comment ?

– Ben, j'ai fait attention... Comme tout le monde.

– Et lui ? Il n'en voulait pas ?

– J'en sais rien... Peut-être vaguement... Comme tous les... Attendez, vous êtes en train de me dire que Paul veut à tout prix un héritier, et que vous... »

Cette fois, j'ai eu la nette impression que le silence était peuplé de gestes et de chuchotis. C'est Marie qui l'a ponctué d'un gloussement.

« Vous n'avez plus qu'à le persuader que c'est de l'eau de vaisselle qu'il a dans les roupettes ou à trouver un gosse d'occasion... Vous ne seriez pas les premiers à en passer par là, ma belle... »

À l'époque, j'aurais bien donné deux ou trois pièces de ma collection pour savoir ce qu'elles s'étaient dit à voix basse et surtout pourquoi elles avaient soudain choisi le chuchotement pour le faire. D'autant que les propos de Marie Laurencin sur la vigueur de ma semence m'avaient piqué au vif.

J'ai donc pris rendez-vous chez mon médecin, le docteur Romieux, un jeune praticien aussi peu mondain que possible et dont la réputation commençait à grandir.

Quand je l'ai consulté sur le sujet, il a émis l'hypothèse que *mon fluide séminal puisse ne pas être des plus conquérants*. Autrement dit, que j'aie effectivement le sperme en eau de vaisselle. Peut-être, mais je n'étais pas le seul, loin de là, à honorer Domenica. Comme le chantait Yvette Guilbert : *Sans journaux, sans rien, sans réclame, elle eut une foule d'amants*. Sans lui reprocher quoi que ce soit, ni chercher à monnayer mon indulgence, j'avais quand même le droit d'espérer qu'on la fertilise pour moi ! Eh bien que dalle…

Romieux avait été aussi sec et précis que d'habitude. « Vous devriez surveiller votre hygiène de vie… Trop de travail, de sorties, de nuits sans sommeil, trop d'alcool…

– Et… pour le reste ?

– C'est peut-être lié. Avec une fréquence que vous qualifiez vous-même de “normale”, on aurait pu espérer de meilleurs résultats. »

Et comme je le pressais de sortir un remède miracle de son chapeau : « Je vous en prie, docteur, ne m'épargnez pas, dites-moi la vérité. Vous savez à quel point c'est crucial pour moi.

– Pour vous, oui, mais un enfant, ça se fait à deux.

– Que voulez-vous dire ?

– Êtes-vous certain que votre épouse y mette autant d'ardeur que vous ? »

À vrai dire, je m'étais souvent demandé si Domenica ne déjouait pas tous mes désirs de postérité par l'usage de quelques contraceptifs. J'avais fini par crever l'abcès au cours d'un voyage à Venise où nous devions à la fois inaugurer une grande exposition de ma collection et célébrer nos noces de laine – sept ans de mariage si ma mémoire est exacte.

L'exposition se tenait dans un Palazzo Ducale forcément somptueux et Domenica y tenait une telle place que c'est à peine si j'avais pu lui adresser la parole depuis le début de la soirée. Serrée de très près par un jeune étalon italien qui la coachait dans la bonne société vénitienne comme s'il avait l'intention de la monter séance tenante, elle évoluait sous la lumière reflétée à l'infini par le cristal des lustres et semblait s'éloigner de moi au point que, pour la première fois, je me suis senti jaloux. Traversant la foule avec une fermeté de navire amiral, je l'ai rejointe, l'ai prise résolument par le bras et, tout en clouant sur place l'étalon vénitien du plus narquois de mes sourires, je l'ai entraînée vers la sortie sans lui laisser l'ombre d'un choix.

« *Ma carissima*... C'est si peu vénitien ! » s'est récrié l'étalon, frustré de son picotin devant son public.

Un peu plus tard, dans la gondole qui nous ramenait au Danieli, je lui ai demandé ce qui, selon elle, était « si peu vénitien ».

« Rentrer se coucher avec son mari, je suppose, a-t-elle dit en haussant les épaules.

– Rien ne t'y obligeait... Il était plutôt agréable à regarder », ai-je fait, conscient du côté un peu possessif de mon intervention.

Le ton bien trop vif de ma voix l'a fait hésiter avant de répondre.

« Et abandonner le roi de la fête à ses admiratrices ? Cette *Contessa Qualcosa*, par exemple. Elle n'a pas cessé de te dévorer des yeux.

– Peut-être, mais ce n'était pas à mon corps qu'elle en voulait.

– Ben voyons… Toi, c'est pour ton esprit, et moi, c'est pour mon cul. »

J'adore quand elle oublie son vernis mondain pour se souvenir de la Juliette de Saint-Affrique, mais cette fois je m'étais forcé à ne pas rire.

« Qu'est-ce qui t'arrive, Paul ? »

J'étais triste, voilà ce qui m'arrivait, mais je me serais pendu plutôt que de le lui avouer.

« Je ne te comprends pas. Tes collègues t'admirent, le public te porte aux nues, tu viens encore d'enrichir ta collection, on est à Venise et, Dieu sait pourquoi, tu trouves le moyen de faire la gueule.

– Je ne fais pas la gueule. Je me demande si je ne suis pas trop vieux pour toi.

– C'est à cause de ce bellâtre que tu dis ça ?

– Pas spécialement, mais il faut bien reconnaître que…

– Que je sors plutôt avec des jeunes ? De quoi tu te plains, du moment que je rentre avec toi ? »

C'était dit sur un tel ton que j'ai compris qu'à force de chercher la bagarre je l'avais trouvée.

« Justement… On pourrait peut-être sortir un peu moins et rentrer plus tôt.

– Pour quoi faire, grands dieux ? »

Je me souviens de la bouffée d'amour qui m'avait envahi. Elle avait parfaitement compris où je voulais en venir, mais elle continuait à me tenir tête, comme la petite chèvre de M. Seguin.

« Je ne sais pas, moi… Rester ensemble à la maison les jours… propices. »

C'était un vrai coup au but et il l'a fait sortir de ses gonds.

« C'est ça ! Régler notre vie sociale sur mon calendrier hormonal ? Tu es vraiment du dernier chic, mon pauvre Paul. C'est ton bolchevique de toubib qui t'a suggéré ça ? Qui me dit que ce n'est pas toi qui as le sperme en eau de vaisselle, après tout ? »

J'ai esquissé un sourire discret. Marie Laurencin ne s'était pas contentée de faire le portrait de ma femme, elle lui avait aussi inculqué quelques éléments de langage.

« C'est bien possible, mais c'est sûrement pas ta poire vaginale qui va arranger les choses. »

Sa réponse est restée coincée dans le hoquet d'indignation qui l'a secouée, elle, la gondole et le malheureux gondolier accroché à sa perche qui se mordait les lèvres, ébranlé jusqu'aux tripes par un grand rire silencieux.

Cette histoire de descendance a terni la suite de mes relations avec Domenica. Les disputes n'étaient pas si fréquentes que ça, mais leur violence augmentait et la crudité – autant que la cruauté – des propos échangés aurait souvent été digne des romans de Zola. Le point culminant a été atteint au cours de notre voyage à New York en 1932.

Nous avions embarqué sur le *Normandie*, dont c'était la première traversée. Le président de la République et son épouse étaient à bord et nous étions invités à leur table pour le grand dîner du lendemain. Notre cabine était somptueuse, un énorme bouquet de fleurs trônait en plein milieu de la table sans parvenir à éclipser le petit sourire énigmatique de Domenica peinte par Derain en couverture du nouveau catalogue de la collection. Tout allait pour le mieux, si ce n'est que je me sentais fatigué et de mauvaise humeur et qu'elle faisait ostensiblement la gueule.

Nous avions déjà fait un voyage à New York peu de temps après notre mariage. C'était à l'invitation du docteur Barnes, à l'époque où nous ne jurions que l'un par l'autre. Chacun de ses voyages à Paris était une fête somptueuse, la collaboration entre nous était de plus en plus étroite. Je lui fournissais la quasi-totalité des œuvres qu'il achetait en Europe et, selon l'habitude que j'avais instituée, chaque fois que Barnes désirait acquérir une toile, j'en achetais trois, je lui en vendais deux et je gardais la troisième pour moi, généralement la plus belle. Cet accord gagnant-gagnant nous convenait parfaitement et, si je ne m'étais pas définitivement fâché avec lui pour une histoire idiote de prêt, elle continuerait à nous convenir.

Le voyage et le séjour avaient été bien sûr magnifiques. Étrangement, je ne me souviens qu'aujourd'hui que notre paquebot avait heurté un convoi de chalands et que nous avions assisté aux efforts des autorités pour tenter de sauver les marins de la noyade, ce qui avait beaucoup amusé Domenica. Moi, un peu moins, et je me rappelle avoir détourné mon regard de son rire comme si je craignais d'y déceler des relents de haine.

L'accueil des Barnes avait été à la hauteur de leur fortune, ç'avait pourtant été insuffisant pour ma chère épouse, qui était d'une humeur massacrante en reprenant le bateau. En gros : ces fichus Américains ne parlaient que l'anglais et pas elle ; elle se fichait complètement de la caserne de pompiers qu'on lui avait fait inaugurer ; elle avait trouvé les fêtes et réceptions plutôt tartes et les femmes américaines l'avaient horriblement déçue ; quant à la nourriture, composée de viandes carbonisées, de maïs – une pitance pour le bétail –, et de salades – bonnes pour les lapins –, elle l'avait obligée à mourir de faim toute la journée. Non, elle ne comprenait vraiment pas pourquoi le monde s'extasiait devant ce pays qui ne méritait même pas de figurer au rang de nation civilisée.

Mais le pire venait des Barnes eux-mêmes. Amateurs de culture noire et défenseurs des droits des Afro-Américains, humanistes, ils professaient des opinions beaucoup trop avancées pour Domenica, qui s'était révélée, à cette occasion, passablement rétrograde, en dépit de mes propres efforts pour promouvoir l'art nègre.

Est-ce le souvenir du voyage de 1926 qui est venu parasiter celui de 1932 ? Peut-être. Ce qui est sûr, en tout cas, c'est qu'il a commencé comme un tremblement de terre.

*

La douleur est revenue. Elle irradie du côté droit de mon ventre, assez bas pour être effectivement la conséquence d'une appendicite. Si c'est le cas, que je le veuille ou non, je vais finir par me retrouver à l'hôpital. À moins que Domenica n'arrive à persuader la Faculté qu'un nabab dans mon genre ne saurait être charcuté qu'à domicile. Elle en est bien capable. Je la crois capable de tout, du meilleur comme du pire…

*

Il fut un temps où l'on me pressait de faire quelque chose de ma gloire. De la politique, par exemple. J'avais à la fois un pied dans chaque monde et des relations à n'en plus finir, j'exposais dans les plus grandes villes, Venise, Londres ou New York, et, surtout, je m'étais fait à la force du poignet : si je porte maintenant le chapeau haut-de-forme et la jaquette, certains se souviennent du temps où c'était la casquette du prolétaire qui me coiffait. Mon ami Albert Sarraut, ministre des Colonies et amant régulier de ma femme, m'encourageait à sauter le pas : « La France a besoin que des hommes comme vous s'engagent », me répétait-il.

Pourtant je ne l'ai jamais fait.

Je me suis laissé décorer comme une bête de concours, mais je n'ai jamais cessé d'être un dandy au sens que Baudelaire et d'autres poètes romantiques donnaient à ce mot : frivolité arrogante et révolte contre l'ordre bourgeois.

Un fils aurait tout changé en instaurant un début de dynastie, un pied de nez à la mort dont je sens bien qu'elle rôde, peut-être pas encore dans cette chambre, mais pas suffisamment loin pour que l'on n'entende pas grincer sa sinistre carcasse.

Nous étions donc dans cette cabine du *Normandie*, dont j'avais tout de suite détesté la décoration Louis XIV avec ses niches, ses dorures, ses escaliers de marbre et même son portrait du Roi-Soleil par Rigaud, peintre inévitable des musées et des manuels scolaires, qui toisait le peuple du haut des murs de la salle à manger comme pour maudire les convives d'avoir zigouillé son arrière-petit-fils. Domenica, bien sûr, adorait. Il faut de la dorure, du marbre et du stuc au bon peuple louis-philippard. Si on lui donne les lignes épurées des architectes des années 20, il croit qu'on le prend pour un pauvre.

Bref, nous étions déjà en position sur le ring. J'essayais de mettre la dernière main à un article pour ma revue au milieu des criailleries de Domenica qui incendiait notre femme de chambre avec toute la méchanceté et la vulgarité qu'elle savait parfois mettre en œuvre. Difficile de ne pas entendre, mais je parvenais à peu près à ne pas écouter. Soudain, un bruit sec suivi par un hurlement féroce me fit sursauter. Domenica venait de gifler cette pauvre Yvette de sa main droite lourdement baguée en hurlant : « Mais qui m'a foutu une panouille pareille ! »

La panouille en question, livide et tétanisée, se tenait la pommette, où perlait une goutte de sang. Face à elle, Domenica, semblant reprendre lentement ses esprits, bredouillait un salmigondis de mots et de bruits de bouche incompréhensibles.

Une légère embardée du navire nous a indiqué que le *Normandie* venait de quitter le quai. Impossible de débarquer Yvette avant New York. Impossible aussi d'envisager sérieusement la poursuite de ses services auprès de Domenica. Une des deux femmes n'y survivrait pas. J'ai bondi sur mes pieds, j'ai sorti mon portefeuille et j'en ai extrait une épaisse liasse que j'ai tendue à Yvette.

« Ceci devrait couvrir ce que nous vous devons, indemnités de licenciement comprises. Votre billet aller-retour est payé, vous pouvez donc jouir de votre cabine comme une passagère normale. Vous aurez même le temps de faire un tour à New York entre les deux trajets. Ne vous en privez surtout pas, c'est l'occasion rêvée. »

Elle a pris les billets, et l'épaisseur de la liasse lui a tout de suite fait oublier la gifle. Après une petite révérence ironique en direction de Domenica et un regard indéfinissable pour moi, elle a quitté la cabine pour ne plus y remettre les pieds.

« Tu lui as donné combien ? a attaqué Domenica.

– Tout ce que j'avais. J'ai pas eu le temps de compter. Elle non plus d'ailleurs…

– T'es dingue, mais c'est ton fric, après tout », a-t-elle fait en affectant de se désintéresser de la conversation.

Elle s'est remise à farfouiller au milieu du chantier de ses innombrables malles, mais je sentais bien que ce n'était qu'une accalmie. La tempête couvait.

« Tout ça ne serait pas arrivé si tu avais vérifié avant de te faire fourguer une telle… piaule.

– Piaule ? » ai-je fait en grinçant des dents, signe chez moi d'une de ces colères froides qui terrifient tout le monde, y compris moi-même. « D'abord, je te rappelle que nos billets sont pris en charge par l'État et que la suite que je me suis fait *fourguer* est une des plus luxueuses du bateau le plus luxueux du monde. » Je me suis mis à faire le tour de la cabine en énumérant les meubles et les installations, citant chaque fois l'essence des bois et le nom des maisons prestigieuses qui les avaient réalisés.

« Quant au lit d'angle en placage de palissandre, il est conçu par les établissements Schmidt pour être replié pendant la journée et transformer ta *piaule* en salon. Le tout pour une surface de…

– Ça ira comme ça, Paul, m'a-t-elle interrompu d'une voix glacée, on connaît tes dons de bonimenteur, n'en rajoute pas. Dis-moi plutôt comment je vais faire pendant quinze jours sans femme de chambre.

– Pas de souci… Si c'est pour te déshabiller et te rhabiller, tu n'as besoin de personne vu que tu ne fais que ça depuis que tu as quitté Saint-Affrique.

– Parce que maintenant tu me reproches mes amants ? Mais mon pauvre ami, sans eux je me serais fanée comme une rose dans un bocal. Qu'est-ce que tu crois ? Qu'une belle fille de vingt ans va se contenter de ses doigts et d'un mari qui bande uniquement le 29 février ?

– À propos, ai-je ricané, tes vingt ans, tu les as depuis combien de temps ? »

C'est là que tous les objets posés sur sa coiffeuse se sont mis à voler. J'ai plongé derrière un fauteuil pour attendre l'épuisement des munitions. Quand je l'ai à nouveau regardée, j'ai vu des larmes dans ses yeux. Pour elle, la crise était passée. Il me suffisait de me lever, de la prendre dans mes bras, de lui laisser verser quelques pleurs hypocrites et d'oublier la décision que je venais de prendre dans un éclair de lucidité.

« J'ai décidé de donner ma collection à l'État en échange de l'ouverture d'un musée à mon nom. Ce sera ma descendance, en quelque sorte. »

Pour la première fois je l'ai vue flancher. J'ai vu son masque de guerrière impitoyable se dissoudre sous le fard. Elle a ouvert la bouche sans parvenir à émettre un son. K.-O. debout, Domenica Guillaume ne parvenait plus à faire face.

On est restés un moment à se regarder, en chiens de faïence, comme si chacun de nous attendait que l'autre craque.

« Et moi ? a-t-elle fini par demander sur un ton plaintif.

– Toi ? Mais tu es celle que j'ai choisie pour fonder une lignée. Ne fais pas semblant de ne pas l'entendre. »

Elle s'est levée pour aller retoucher son maquillage devant la psyché. Elle était redevenue glaciale, sculpturale, inaccessible. Elle a coiffé un grand chapeau, et a quitté la cabine sans un regard en arrière.

Je me sentais comme on doit se sentir après un combat de boxe quand l'arbitre lève votre poing face à la foule. Fatigué, mais heureux, si heureux que j'ai regretté qu'il n'y ait pas de spectateurs. Nous nous étions déjà souvent affrontés, jamais avec une telle violence, jamais, du moins en ce qui me concerne, avec une telle lucidité et la volonté claire d'aller jusqu'au bout.

J'ai sonné le room service et me suis commandé une bouteille de vodka dans de la glace, un gros pot de caviar et un monticule de blinis. Le navire avait maintenant atteint les eaux libres et j'ai levé mon verre aux horizons, celui qui étirait sa ligne sous un soleil éclatant et celui de la liberté que je venais de me tracer. Je me suis installé face au premier et j'ai commencé à boire à la seconde, jusqu'à m'assoupir et à rêver.

Malheureusement, et comme souvent, mes rêves ont choisi de s'écarter du chemin que j'aurais voulu qu'ils prennent. Domenica y apparaissait infiniment plus redoutable et machiavélique que je l'avais imaginé. Bien trop retorse pour moi puisque, dans la version optimiste, elle m'empoisonnait avant même que je puisse modifier mon testament. Je me suis réveillé en sueur et le cœur serré devant une bouteille de vodka vide et un soleil absent, vu qu'il était passé de l'autre côté du bateau.

Le temps de me demander ce qu'était devenue Domenica, elle frappait légèrement à la porte et entrait avant même que je l'y invite.

En dépit de mes rêves, je m'étais attendu à une Domenica plus prête à aller à Canossa qu'à la bagarre, mais à cause d'eux j'avais décidé de temporiser au moins jusqu'à la fin du voyage. Quitte à me faire exécuter, autant que ça se passe chez moi, dans mes meubles, m'étais-je dit en rigolant et en secouant la tête pour me débarrasser des brumes de la vodka.

À l'opposé de mes attentes et de mes craintes, elle

était d'humeur folâtre en entrant dans la cabine. Elle était même plus qu'un peu pompette. Le chapeau de travers, la voilette en goguette, elle riait aux éclats des propos que lui murmurait à l'oreille le type qui l'accompagnait. Comment le décrire sans nous comparer ? Bel homme, un bon mètre quatre-vingt-dix, athlétique, des yeux bleus et un sourire à faire fondre un bataillon de jolies femmes, il était aussi différent de moi qu'on peut l'être, sans quitter la catégorie des mâles caucasiens. Je n'ai eu aucun mal à imaginer l'effet qu'il avait dû faire à Domenica, étant donné que j'ai eu moi-même le plus grand mal à résister quand il m'a tendu une grande main bronzée en inclinant sa tête de patricien romain.

« Jean Walter, a-t-il annoncé d'une voix étonnamment douce. Domenica m'a assuré que je pouvais l'accompagner sans risque de vous déranger. J'espère que…

– Au contraire. Vous arrivez juste à temps pour m'éviter l'embarras de devoir continuer de boire seul. »

Bien sûr, je le connaissais de nom. C'était un architecte de réputation internationale, en particulier pour la construction de la Cité hospitalière, à Lille. J'avais lu un article dans lequel il expliquait que, blessé de guerre, il avait suffisamment fréquenté les hôpitaux pour en penser le plus grand mal, et qu'il fallait donc cesser de les concevoir en multipliant le nombre de bâtiments, mais au contraire comprimer leur volume au bénéfice du rendement. C'était une vision moderne qui correspondait à la mienne, et je m'étais dit que j'aurais plaisir à rencontrer l'homme si le hasard des mondanités nous mettait en présence. Après être devenu son ami, j'ai compris que ça n'aurait pas risqué d'arriver, vu qu'il fuyait ce genre d'amusements comme la peste.

Je ne me souviens plus des détails de la nuit qui a suivi, ce qui est certain, c'est qu'au petit matin la cabine était en grand désordre, que quatre bouteilles de champagne vides témoignaient de l'intensité des combats et que nous étions tous les trois uniquement vêtus de draps froissés.

« Il n'y plus de champagne, a fait Domenica avec un gémissement. Pourquoi faut-il que tout s'arrête tout le temps ?

– Peut-être une façon de nous faire toucher du doigt que l'on ne jouit bien que dans le péché, ai-je philosophé.

– Tu veux dire que le malheur serait une forme d'expiation ?

– Qui parle de malheur, ma chérie ? Je n'évoquais qu'une légère baisse d'intensité de la magnitude du bonheur. »

Elle a éclaté de rire, je l'ai prise dans mes bras en oubliant tout le reste, y compris Jean Walter.

Nous ne nous sommes plus quittés de toute la traversée. Domenica était aux anges, elle passait ses soirées avec nous, et le reste de la nuit dans la cabine de Jean, qui se montrait un compagnon des plus agréables. Il était manifestement très riche, mais il avait le bon goût d'être apparemment plus intéressé par la manière de le gagner que par l'argent lui-même.

En fait, mais je ne l'ai appris que plus tard, il était tombé raide dingue de Domenica, qui avait catégoriquement refusé de devenir une bagatelle de cinq-à-sept, et exigé un ménage à trois.

Lors d'un dîner, quelques mois après le *Normandie*, Jean nous a déclaré tout à trac : « Je vous ai parlé de cet appartement de huit cents mètres carrés que je me suis réservé dans l'immeuble que j'ai fait construire boulevard Suchet ?

– Pourquoi ? Tu veux nous le vendre ? a répliqué Domenica, manifestement moins surprise que moi.

– Non, juste vous proposer de le partager.

– Vous n'avez pas peur du qu'en-dira-t-on ? ai-je objecté sur un ton narquois.

– C'est vous qui voyez le mal partout, mon cher Paul. Quel mal y a-t-il à louer la moitié d'un appartement de huit cents mètres carrés à des amis ? »

Une fois de plus, je n'ai pu qu'admirer la vitesse d'exécution de Domenica. En quelques mois, Walter était passé de rencontre fortuite à amant, et d'amant à amphitryon. Une affaire rondement menée si l'on considère que les répercussions de la crise financière de 29 nous avaient sensiblement affectés, au point que nous envisagions sérieusement d'abandonner notre grand appartement de la rue de Messine pour un logement plus modeste, et que la simple idée de se séparer d'une seule pièce de la collection la rendait littéralement malade.

« De plus, je me suis fait une règle de provoquer ce que je ne peux pas éviter », a ajouté Walter avec un sourire bravache.

Jeanne Walter, l'épouse de Jean, et leurs trois enfants seraient donc sacrifiés à l'amour fou par un homme dont la vie n'avait été jusqu'à présent régie que par le travail et l'accroissement d'une fortune déjà considérable. Que ce protestant ultra-rigoureux, dont la famille appartenait à la branche mennonite, des anabaptistes austères et très à cheval sur la morale, ait pu accepter de jouer dans un trio de vaudeville dont le Tout-Paris fit rapidement des gorges chaudes est un exploit qu'Hercule n'aurait pas désavoué.

Pour moi, tout va bien. Les rieurs sont de mon côté et, dans l'intimité de notre étrange ménage, Jean Walter est un très agréable compagnon. Intelligent, cultivé et curieux de tout, il est devenu un ami pour moi en même temps qu'un amant efficace pour une Domenica du coup beaucoup plus calme sur le front du sexe.

J'ai même cru un moment que c'était lui qui allait me donner une descendance. Après tout, il avait déjà trois enfants et la fréquence à laquelle Domenica et lui faisaient l'amour excluait qu'ils consultent le calendrier pour éviter d'en avoir.

J'ai dû une fois encore déchanter et me rendre à l'évidence. Soit Domenica est stérile et dans ce cas, je ne comprends pas pourquoi elle ne me l'a jamais dit, soit c'est une virtuose de la contraception et là, c'est moi qui suis vraiment cocu.

J'avais depuis quelques années une idée qui me trottait dans la tête. Max Jacob m'avait un jour présenté un tout jeune écrivain qui lui avait fait forte impression. Un certain André Malraux, féru d'arts d'Extrême-Orient. Sur un mot de moi, le voilà qui s'embarque dans une dissertation sur l'art nègre. Je trouve ça très brillant, et je note le nom de ce jeune homme qui pourrait m'être utile pour faire mousser mes statues par ses commentaires sur les civilisations. Difficile pourtant de l'inviter à dîner. Domenica semblait très gênée par les tics qui crispaient son visage blême et par ce regard sombre qui la scrutait à travers la fumée des cigarettes qu'il fumait à la chaîne.

Un ou deux ans plus tard, j'ai eu l'occasion de lui venir en aide. Il était en prison à Hanoï après s'être fait prendre avec une collection de statues qu'il avait volées dans un petit temple perdu de la jungle cambodgienne. Une souscription s'était aussitôt organisée pour lui venir en aide. Max Jacob, Aragon, Breton et consorts en étaient et, bien sûr, moi aussi.

Je l'avais revu dans une soirée que nous avions donnée en l'honneur de je ne sais plus qui, mais je me souviens bien que c'était après la mort de Clemenceau. La conversation a glissé sur son amitié pour Monet, sur les musées parisiens et sur l'Orangerie. «Je crois qu'il y reste de la place, a-t-il fait remarquer. Avouez que ça ferait un bel écrin pour votre collection, mon cher Paul. »

J'ai avoué sans me faire prier, tout en protestant de la modestie de ma collection. Le hasard du protocole avait placé Domenica devant moi. La simple évocation d'une possibilité de voir un jour la collection intégrer un musée national l'a fait rougir violemment.

*

C'est cette scène qui me revient encore et encore au moment où Domenica entre dans la chambre, portant un plateau chargé d'un bol fumant. Elle ne veut toujours pas entendre parler de l'hôpital. Je suppose qu'elle traîne toujours, depuis son enfance au fin fond de la plus provinciale des provinces, l'idée que l'hôpital est réservé aux pauvres et que les riches se font soigner à la maison, quitte à mourir dans des conditions convenables. Ça m'arrange plutôt. Je ne suis pas du tout inquiet et je n'ai pas la moindre envie d'aller voir où meurent les pauvres.

« Bois, mon chéri. Ça va te faire du bien. »

Je bois un peu et je trouve ça très bon.

« C'est bon, dis donc. Qu'est-ce que c'est ?

– Du consommé de bœuf. Je l'ai préparé moi-même. »

Comment peut-elle imaginer que je vais la croire ?

Elle ne met plus les pieds dans la cuisine que pour houspiller le personnel et surveiller qu'on ne la vole pas sur le café, le sucre ou la farine. Le reste est enfermé dans une espèce de chambre forte dont elle est seule à avoir la clé.

« Tous les talents, je persifle. Sauf un, hélas…

– Ne recommence pas avec ça… Nous ne sommes tout de même pas le seul couple dans ce cas.

– Certes, mais j'en connais peu qui disposent d'un tel panel de reproducteurs. Un véritable haras… »

Normalement, ce genre de réflexions vachardes la fait hurler de rage, mais pas ce coup-ci. Elle reste de glace et c'est tout juste si elle ne me gratifie pas d'une moue méprisante.

« Tu devrais penser à renouveler ton stock de vulgarités. Elles s'éculent vite.

– Remarque bien que j'en prends ma part. Romieux dit qu'il ne miserait pas un kopeck sur mes spermatozoïdes, gagnants ou placés.

– C'est nouveau, cette obsession pour les canassons ? J'espère qu'elle ne te pousse pas à te prendre pour un étalon ! »

Je détourne la tête pour qu'elle ne voie pas la fureur qui me monte au teint.

« Ne t'inquiète pas… Je sais ce que je vaux. Je sais aussi ce que j'achète, c'est mon métier. En l'occurrence, je me suis gouré sur la marchandise.

– C'est de moi que tu parles ?

– De qui d'autre ? Soit tu ne peux pas avoir d'enfants et tu aurais dû me le dire plus tôt, soit tu fais tout ce que tu peux pour ne pas en avoir et tu triches sur le contrat. Dans les deux cas, tu m'obliges à…

– Tu t'entends parler, Paul Guillaume ? Marchandise… contrat… On se croirait à la foire aux bestiaux.

– Pourquoi pas ? Après tout, j'ai bel et bien acheté une jument bréhaigne.

– Bréhaigne, mon cul ! Tu crois quand même pas que j'allais risquer de me faire déformer le ventre et la tête par un marmot. Je déteste les enfants et je déteste l'idée d'être *pleine*, comme disent les paysans en parlant de leurs animaux. J'ai pris mes précautions, figure-toi. Bien avant de te rencontrer, bien avant de venir à Paris…

– Merci de ta franchise, je hurle avant qu'elle disparaisse. Ça justifie les nouvelles dispositions que je viens de prendre ce matin même pour la collection… », dis-je en mentant.

Cette fois-ci c'est décidé, je convoquerai mon notaire dès demain et léguerai la collection à l'État, pourvu qu'elle porte mon nom et soit exposée dans la collection permanente d'un musée national.

*

En fait, les douleurs m'empêchent de faire quoi que ce soit d'autre que de me tordre dans mon lit et de poursuivre mes rêvasseries d'opium sur mon mariage, Domenica et la collection.

Tiens, j'ai un petit revenez-y de morphine. Je sens que je m'assoupis doucement… On verra ça plus tard… Après tout, on ne meurt plus d'une appendicite, en France, de nos jours…

JEAN

L'architecte Jean Walter étrangle à mort le docteur Lacour au cours d'un déjeuner familial…

Je n'ai aucun mal à imaginer la manchette de *France-Soir*, bien que je ne me sois pas encore tout à fait décidé pour l'étranglement – je ne suis pas sûr d'en avoir la force –, ça reste la méthode qui nécessite le moins de matériel et le moins de préméditation. Avec un bon avocat, si je prends dix ans, c'est le maximum, cinq avec les remises de peine, ce qui me fera sortir à quatre-vingts ans… Hum, il se pourrait aussi que cette histoire me fasse mourir en prison…

« Qu'en penses-tu, Jean ? » me demande Domenica avec ce ton de voix que j'ai appris à détester après l'avoir tant aimé.

Tout à mes projets de meurtre, je n'ai bien sûr rien entendu de ce qu'on me disait.

« Faut voir, je réponds. Y a du pour et du contre, mais faut rester prudents.

– Normand jusqu'au bout des ongles, ce cher Walter, ricane Lacour, surtout dans ses jugements. »

Je ne suis pas normand, mais alsacien, connard. Ça ne fait jamais que cent fois que je te le répète.

Domenica me regarde de travers. Elle a sa tête des mauvais jours.

« Tu n'as pas écouté un seul mot, hein ?

– Pas besoin. Tu te demandes toujours s'il faut vendre les Picasso pour acheter des Lorjou. Et, bien que n'étant pas normand, je puise mes réponses dans la sagesse de ce peuple célèbre pour avoir fait de l'indécision un art populaire. Ça te va, comme réponse, ma chérie ? »

Non, ça ne lui va manifestement pas, mais il va bien falloir qu'elle s'en contente. Je clos la discussion en me levant de table.

« Je vais acheter la presse en face. Ne m'attendez pas pour le café, il se peut que je le prenne au bistrot. »

Dehors, malgré la chaleur de cette fin de printemps, l'air est tout de suite plus respirable sans l'haleine fétide de ce chacal de Lacour. Comment ai-je pu accepter qu'il s'immisce jusqu'à la garde dans notre couple ? Peut-être est-ce une façon d'expier ma propre faute, celle d'avoir cédé à la volonté de Domenica en acceptant ce ménage à trois avec Paul Guillaume. Je pourrais comprendre son goût pour le triolisme s'il ne s'agissait que de sexe, mais temps et sexe ont du mal à coexister et, en ce qui me concerne, ma libido s'est éteinte il y a deux ans, après mon infarctus. Quant à Lacour, ce n'est sûrement plus par le sexe qu'il la tient…

Vingt-trois ans… Vingt-trois ans déjà que Paul est mort et que je ne parviens pas à éliminer ce nuage de culpabilité qui s'abat sur ma conscience dès que je pense à sa fin. Je l'avais quitté en début de soirée pour me rendre à un dîner au ministère. Cinq heures plus tard, il était mort d'une péritonite. Aurait-il survécu si, comme Domenica, j'avais refusé de me rendre à l'invitation du ministre ? Si oui, j'ai de plus en plus de raisons de croire qu'elle a laissé mourir son mari…

*

Je traverse la route nationale, je pense à la mort de Paul. Est-ce à cause de ces pensées un peu tristes que je néglige de regarder des deux côtés de la route ? Toujours est-il que lorsque je vois la voiture, il est trop tard pour songer à l'éviter…

J'ai soudain terriblement mal à la tête… Où suis-je ? Et les journaux ? Ai-je eu le temps de les acheter ? Il faut absolument que je me lève…

« Ne bougez surtout pas, me conseille une voix inconnue. Vous avez eu un accident… »

Je voudrais leur dire de prévenir ma femme, mais il semble qu'elle soit déjà là.

« C'est moi, Jean », dit-elle. Je sens sa main chercher la mienne.

« Une ambulance, appelez une ambulance, dit la voix inconnue.

– Inutile, écartez-vous, je suis médecin, dit une voix que je reconnais parfaitement. Comment te sens-tu, Jean ? Tu m'entends ? »

Je fais signe que oui.

« Bon… Ne t'inquiète pas. C'est pas trop grave. Je vais t'emmener à l'hôpital avec Domenica. Ça ira plus vite… »

Je hoche la tête et je repars dans le coaltar.

*

Je suis au bar de la première classe du *Normandie*. Le bateau vient de se décoller du quai. Je suis seul et je m'ennuie déjà. Je me demande ce qui m'a fait choisir le bateau plutôt que l'avion pour me rendre à New York et je commence la traversée en discutant des mérites comparés du scotch blended et du pur malt avec un barman qui va sans doute rester mon principal interlocuteur jusqu'à New York. À moins, bien sûr, que je ne fasse une rencontre…

C'est à ce moment qu'elle est entrée dans le bar. Elle avait l'air furieuse et portait un grand chapeau, comme son portrait peint par Derain sur la couverture du catalogue de l'exposition Paul Guillaume posé un peu plus loin sur le bar. C'est Mme Paul Guillaume, plus connue du Tout-Paris sous le seul prénom de Domenica.

Ma vie vient de passer à fond de train sur un aiguillage actionné par le Diable, mais je suis loin de m'en douter. Je suis occupé, pour l'instant, à tomber amoureux comme on tombe dans un puits dont on espère qu'il sera sans fond.

Je cherche désespérément quelque chose d'intelligent à lui dire. Comme prévu, je reste sec. Elle commande un cocktail, fouille dans son sac, sort un porte-cigarette, plante une king size dedans, et replonge dans son sac. Elle a l'air agacée. Serait-ce ma chance ? Ma main droite tient déjà mon briquet et le brandit soudain allumé sous le nez de la belle.

« Merci », souffle-t-elle en même temps qu'un long trait de fumée au parfum d'Orient.

Je suis né dans une famille protestante pour laquelle gagner de l'argent était la meilleure façon de rendre grâce à Dieu. Autant dire que le terrain sur lequel j'ai prospéré était aussi sec qu'un compte rendu de contrôleur de gestion. Il s'agissait de travailler pour amasser et, pour l'essentiel, de réinvestir pour gagner davantage. On pouvait dépenser le reste, à condition que ce soit pour autrui, étant entendu qu'autrui ne pouvait pas être la famille. Peut-on imaginer plus luthérien que ce mode de vie ? D'autant que le luthéranisme avait trouvé à Montbéliard une de ses rares terres d'élection en France et que mon père était président du Consistoire de la ville…

*

« Vous êtes sûr de ne pas vouloir attendre l'ambulance ? Il m'a quand même l'air assez gravement blessé. »

Peut-être, mais pas au point de ne pas entendre la voix horripilante du bon docteur : « Vous êtes médecin ? Non, ben contentez-vous de la fermer. Pour votre gouverne, j'ajouterai que les ambulances sont très mal adaptées au transport des malades. »

Bon Dieu ! On dirait le professeur Brosser déconseillant l'hôpital au chevet de ce pauvre Paul Guillaume. J'essaye désespérément d'affirmer ma préférence pour l'ambulance, mais rien ne fonctionne plus chez moi…

Je sens qu'on me soulève. C'est si douloureux que je préfère m'évanouir…

*

… Tout ça pour dire que je suis loin d'être un virtuose du marivaudage. Il faut pourtant que je me lance.

« Derain ne serait pas content de vous voir si triste sous ce grand chapeau… »

C'est lamentable, lourdingue, difficile de faire pire, pourtant elle sourit.

« Vous êtes marin, monsieur ?

– Non, madame, architecte, mais j'ai un bateau et je navigue souvent… À la voile, bien sûr. »

J'aurais dû me méfier. Comme au tennis, elle m'exécute d'un service-volée meurtrier.

« J'espère que vous abordez mieux les entrées de port que les inconnues », fait-elle avec ce petit rire gloussé qui va me devenir si familier.

Je ne suis pas un homme d'esprit, ou alors celui de l'escalier, et je ne trouve rien à répondre. Rien de spirituel, s'entend, car sur le plan physique ma main me démange furieusement. Elle vide son verre, passe devant moi pour sortir, et brusquement s'arrête.

« Pardonnez-moi, mais votre visage ne m'est pas inconnu.

– Jean Walter, dis-je sèchement en me levant.

– Le Walter des immeubles Walter ? »

C'est comme si elle venait de me défriper le cœur d'une simple caresse.

« Vous connaissez cette résidence ?

– Dites plutôt que je rêve d'y habiter chaque fois que je passe devant. C'est par là qu'il fallait commencer, et non par mon chapeau. »

Je ne me souviens plus de ce que j'ai bredouillé. Sans doute un truc idiot sur la dureté comparée des femmes et de la pierre. De toute façon, ça n'a plus aucune importance. La glace est rompue ou, plutôt, elle a fondu sous la chaleur qui émane soudain de Domenica. La femme du monde sûre d'elle et arrogante a laissé place à une sorte de midinette avide de tout savoir sur moi, mon métier, la pierre et le béton, ma femme et mes enfants, bref, tout ce qui me concerne. C'est à peine si elle parle d'elle, convaincue sans doute qu'elle est assez connue pour s'en dispenser. Après une sérieuse série de cocktails, nous allons déjeuner avant de nous retrouver sur le pont, allongés dans nos transats, à boire du café et du cognac et à parler sans que je me sois rendu compte que notre conversation a évolué jusqu'à devenir franchement intime.

Mon éducation luthérienne, le puritanisme rigoureux de mon père et un cursus d'études forcené m'avaient tenu très éloigné des femmes, du moins dans leurs aspects les plus complexes. Un an de service militaire m'avait grossièrement déniaisé, mais on peut dire que j'étais quasiment puceau quand, à vingt-trois ans, j'ai épousé Jeanne, qui en avait à peine vingt. Elle venait d'une famille très catholique et elle en savait encore moins que moi sur les mystères de la chair. Bien sûr, j'ai acquis une certaine expérience beaucoup plus tard, alors que notre mariage se délitait lentement et que j'accumulais distraitement les maîtresses. Tout ça pour dire que j'ai quand même été assez surpris d'entendre Domenica me susurrer à l'oreille qu'elle m'aurait bien emmené finir l'après-midi dans sa cabine si son mari ne s'y était déjà enfermé.

« Tu regrettes ? m'a-t-elle demandé, un peu plus tard, en nous allumant une cigarette.

– J'en ai l'air ?

– Je ne sais pas de quoi tu as l'air. C'est pour ça que je te le demande. »

Je n'en savais rien moi non plus. C'était la première fois que je faisais l'amour comme ça. À vrai dire, j'ignorais même qu'il pouvait y avoir une telle liberté, une telle absence de gêne et de retenue entre deux adultes nus dans le même lit alors qu'ils ne se connaissent que depuis quelques heures. Il m'avait fallu attendre près de cinquante ans pour découvrir que des femmes pouvaient aimer faire l'amour au point de se comporter comme le plus entreprenant des hommes ; le plus prédateur aussi car, réflexion faite, elle m'avait emballé sans vraiment me demander mon avis. C'était surprenant, c'était même assez choquant pour un vieux parpaillot élevé dans la conviction que les femmes n'aiment pas le sexe et qu'elles ne le pratiquent que pour obéir aux lois de la nature et aux désirs animaux des hommes. Mais, au-delà de l'exaltation un peu hébétée d'une libido parfaitement assouvie, quelque chose s'était mis en branle au plus profond de mes entrailles. C'était comme si une violente lumière s'y était allumée, qu'elle brûlait et que, déjà, elle m'aveuglait. Je venais de tomber amoureux pour la première et dernière fois de ma vie, et même si je suis persuadé que je ne vais pas survivre au dernier épisode, même si du premier jour au dernier je n'ai jamais cessé de me demander pourquoi, je mourrai sans avoir cessé de l'aimer.

« Normalement, je devrais avoir l'air ébloui. C'est en tout cas comme ça que moi je me sens. »

Elle m'a souri à bout portant et on a siroté du champagne jusqu'à ce que le désir nous reprenne.

Plus tard, elle a fait un séjour dans la salle de bains pendant que je paressais au lit, bien décidé à n'en pas bouger, à me faire apporter mon dîner dans la cabine et à roupiller ensuite comme une brute assouvie.

« Ben, qu'est-ce que tu fais ? a-t-elle demandé en sortant enveloppée dans un peignoir de vestale. Paul doit déjà m'attendre.

– Paul ?

– Paul Guillaume. Mon mari. On s'est quittés plutôt fraîchement ce matin, mais il n'est pas du genre à faire la gueule longtemps.

– Parce que tu comptes me présenter à ton mari ? ai-je demandé, sidéré.

– Pourquoi pas ? Il va t'adorer, et toi, tu vas le passionner.

– Écoute, je suis sûr que ton mari est un homme charmant, mais le rencontrer juste après…

– Juste après avoir baisé sa femme ? Tout dépend de ce que tu veux. Si c'est une maîtresse à éclipses, genre cinq-à-sept bourgeois dans ta garçonnière avec galipettes et champagne à heure fixe, trouve-toi quelqu'un d'autre. Il y a assez de beaux mâles idiots sur ce bateau pour satisfaire mes envies.

– Qu'est-ce que tu proposes ? ai-je bafouillé.

– Déjà de te présenter mon mari, ce qui nous épargnera les mensonges et les cachotteries de l'adultère bourgeois. »

*

Domenica drapée dans la toge de la révolution antibourgeoise, vu d'où je suis aujourd'hui, ce serait à mourir de rire si je n'étais pas occupé à mourir d'autre chose. Mais j'étais déjà intoxiqué – comment appeler autrement une passion qui vous fait oublier en deux heures ce que vous avez été pendant cinquante ans ?

Je reconnais la Rolls au grain du cuir de ses sièges et à son odeur. Ce charlatan – le Fakir, comme l'appelle Paulo – a réussi à se faire payer une Rolls-Royce d'occasion par Domenica. C'est sans doute par gratitude envers elle qu'il a accepté d'en faire mon corbillard. Après tout, elle est ma femme légitime et moi le *de cujus*, terme aimablement employé par notre notaire pour éviter celui de « futur défunt ». Car je suis bien persuadé que le Lacour va me trimballer dans sa Rolls jusqu'à ce que je défuncte et qu'il soit temps de m'amener enfin à l'hôpital. Avec la complicité active de ma chère épouse, bien sûr, mais pourquoi ? Je comprends qu'elle ait poussé ce pauvre Paul vers la sortie alors qu'il songeait sérieusement à laisser sa collection à l'État, mais moi ? Qu'ai-je bien pu lui faire pour qu'elle veuille ainsi raccourcir la vie d'un vieil homme qui a déjà un pied dans la tombe et l'autre sur une peau de banane ?

*

« Paul, mon chéri, je te présente Jean Walter, le célèbre architecte de ce bel immeuble que nous aimons tant à la Muette. »

Rencontrer un homme célèbre et influent dont on vient de baiser la femme, tombant fou amoureux de celle-ci, n'est pas un événement facile à négocier. Surtout quand l'homme en question passe pour un arbitre des élégances, un dandy aux idées volontiers anarchistes, ami d'Apollinaire et promoteur d'une peinture qui fit hurler la bourgeoisie avant qu'elle en décore ses salons. Rien à voir avec le petit homme grassouillet, pâlichon et mal fagoté qui se lève maladroitement pour venir me tendre une main molle en bousculant un guéridon sur lequel un pot de caviar et une bouteille de vodka vivent leurs derniers instants. Ça m'a fait un choc. Ce type devait avoir près dix ans de moins que moi et il avait déjà l'air d'une pauvre chose. J'ai été tenté de faire demi-tour, de fuir une situation qui ne pouvait mener qu'au ridicule. Un ridicule bourgeois, qui plus est… C'était bien sûr trop tard : non seulement je n'envisageais pas une seconde de me priver de Domenica, mais la légendaire séduction de celui qu'un journaliste important avait décrit comme *un esprit paradoxal, audacieux, érudit, fascinant* avait commencé à faire effet.

« Également le Jean Walter de *Plans*, n'est-ce pas ? a-t-il dit en me serrant la main. Ce qui, en toute modestie, nous fait un point commun.

– Vous connaissez la revue ? ai-je bredouillé.

– C'est certainement la publication la plus étonnante du moment. Tout à fait caractéristique du non-conformisme de notre époque auquel j'essaye quotidiennement d'imprimer ma patte. » Il était manifestement plus qu'éméché, mais sa voix restait ferme et son sourire tenait le cap. « Je suis d'ailleurs surpris de votre étonnement. Si Apollinaire était encore de ce monde, nous aurions aimé que *Les Arts à Paris* finissent par prendre cette direction, mais… » Ce *mais* plana un instant dans la cabine comme un grand oiseau qui ne sait où se poser avant que Paul reprenne : « Vous les avez tous : Le Corbusier, Fernand Léger, Walter Gropius, René Clair, Giono, Magdeleine Paz…

– C'est vrai qu'on peut y voir mon nom. Mais c'est surtout parce que c'est aussi celui de ma femme », ai-je dit, saisi par un inhabituel prurit de modestie.

Je ne le savais pas encore, mais cela n'allait pas durer. Notre mariage battait déjà de l'aile, et le scandale de ma liaison avec le couple Guillaume lui a été fatal. Jeanne et moi nous sommes séparés en 1932, nous avons divorcé en 1934, et Jeanne est morte en 1935. Quant à la revue, elle a été dissoute en 1936, avant que je me décide à y écrire la moindre ligne.

On ne dira jamais assez à quel point se trouver des affinités avec le mari de sa maîtresse peut faciliter les choses. Paul avait infiniment plus de conversation que Domenica qui, de toute façon, ne rentrait généralement à l'appartement que pour nous mettre au lit. Après une courte période d'intérêt poli, Paul a pris l'habitude de s'esquiver au seuil de la chambre. En fait, il m'inquiétait un peu. Il ne buvait que rarement, ne fumait que sur son portrait par Modigliani, mangeait modérément, et pourtant il vieillissait à vue d'œil. Il ne s'intéressait plus qu'à la peinture, aux arts orientaux et à sa revue, dont il écrivait pratiquement tous les articles et que je finirais par aider et financer pour pallier les ravages qu'avait causés la crise de 29 dans les affaires de Paul.

Le fait est que lui et moi nous entendions comme larrons en foire. Si nos origines sociales étaient très différentes, la façon dont nous avions édifié nos fortunes se ressemblait beaucoup, et si ma famille était plus riche que la sienne, la rigueur des vues de mon père sur l'argent et l'éducation des enfants aplanissait notablement cette différence.

Mon père, Adolphe, était entrepreneur de travaux publics et Amélie, ma mère, sans profession. La mère d'Amélie, veuve avec deux enfants à charge, s'était installée à Montbéliard, où elle vécut de la solidarité familiale grâce à ses cousins Peugeot et Japy, qui tenaient le haut du pavé dans le berceau industriel de la ville, fief républicain, radical et protestant. Autrement dit, plutôt fauché par mon père, j'étais cousin par ma mère d'Eugène et Armand Peugeot, de l'entreprise Peugeot. Un secret que j'ai toujours bien gardé : je suis même allé jusqu'à m'inventer une famille alsacienne ruinée par la perte de l'Alsace-Lorraine en 1871. Dans mon esprit, alsacien voulait dire : réfugié, républicain, patriote, homme parti de rien. C'était faux, mais ce refus de parenté avec la famille riche m'a servi plus tard à édifier mes premiers « gestes » d'architecte, comme le siège des frères Peugeot à Montbéliard en 1908. La même année, c'est pour le compte de mes cousins Japy, habiles manufacturiers qui dominent le pays de Montbéliard depuis plus d'un siècle, que j'ai édifié deux cités ouvrières.

*

Aujourd'hui, au seuil d'une mort que j'aurais dû voir venir parce qu'elle m'est administrée par la femme que j'aime et dont j'ai pu constater la détermination sans faille, aujourd'hui dis-je, je suis immensément riche et c'est sans doute cette richesse qui me vaut de mourir prématurément.

Si j'ai toujours voulu réussir, c'est plus par fierté personnelle que pour l'amour du lucre. Je voulais montrer à la partie riche de ma famille que j'étais capable de grimper les échelons de la vie à la force de mes seuls poignets. En cela, l'argent était un moyen et non un but. Je détestais l'idée d'être un héritier alors que mon unique passion était d'entreprendre. J'étais sorti trois fois blessé de la guerre de 14, vivant et décoré ; j'étais déterminé à affronter la vie avec une mentalité de vainqueur. Paul n'avait certes jamais fait la guerre – il m'a souvent affirmé qu'il le regrettait –, il avait même essayé de s'engager à la suite d'Apollinaire, mais il avait été écarté pour raisons de santé. Je le savais pourtant capable si besoin était de faire passer ses luxes de sybarite derrière sa vision de militant de l'art.

Je croyais que c'était uniquement ça qui nous rapprochait, j'avais tort.

« Il veut que tu lui fasses un enfant », m'avait révélé Domenica, sans doute un peu agacée par ma propension à faire de Paul le saint de notre trinité. « Enfin, en passant par moi, bien sûr, a-t-elle ajouté devant mon air ébahi. Tu en as déjà trois, donc tu peux… »

C'était le cas mais, même à l'époque, j'étais assez lucide pour ne pas être tenté de me décerner le moindre accessit de père modèle. Je m'apprêtais même à les déshériter tous les trois, suivant en cela la doctrine familiale qui estimait que la part réservataire suffisait largement à témoigner de l'amour paternel. C'est dire mon manque de motivation à l'idée de me reproduire de nouveau.

« Et c'est pour ça que tu m'as choisi ? Pour mon passé de reproducteur ? »

J'étais assez indigné pour la congédier sur-le-champ, elle et son sexaphone de mari, quand, dans un éclat de rire grinçant, elle m'a avoué qu'elle avait pris ses précautions contre cette horreur en se faisant ligaturer les trompes bien avant son mariage.

« Et tu ne le lui as jamais dit ?

– J'aurais dû le faire au tout début. Mais plus j'attendais, et moins j'avais de risques de me faire virer pour tromperie sur la marchandise.

– Et maintenant ?

– On gère à vue. Je ne vois pas ce qu'on peut faire d'autre.

– *On* ? »

J'ai eu le sentiment très net de m'être fait manipuler comme une bleusaille.

« Laissons faire le temps, mon chéri, a-t-elle susurré avec ce sourire ensorceleur dont j'ai mis tant de temps à me méfier. On trouvera bien quelque chose.

– Tu veux dire qu'il compte toujours sur moi pour… ? »

Elle m'a fermé les lèvres d'un baiser en murmurant :

« Continuons à faire comme si. Après tout, on n'est jamais à l'abri d'un miracle… »

*

Peut-on considérer comme un *miracle* la mort d'un homme de quarante-trois ans, certes un peu fatigué, mais qui aurait sans doute été sauvé si on l'avait emmené à temps à l'hôpital ? Domenica elle-même n'est jamais allée jusque-là. En revanche, c'est bien comme ça qu'elle a qualifié le coussin qui est apparu sur son ventre quelques jours après la mort de Paul et qui s'y est développé jusqu'à l'apparition de Jean-Pierre Guillaume, né le 30 novembre 1934.

Neuf mois plus tôt, le jour des funérailles de Paul, je l'avais surprise en train de dévaster le bureau de l'appartement qu'elle partageait avec feu son mari. Tiroirs et placards ouverts, fichiers éparpillés et elle, véritable tornade en voile noir, dispersant papiers et documents en poussant des cris de rage.

« Tu cherches quelque chose ? ai-je demandé sur un ton apaisant.

– Je suis sûre qu'il a fait un testament. Si je n'arrive pas à mettre la main dessus, c'est foutu, la collection file à l'État et moi j'aurai tout perdu. »

Je me souviens d'avoir bredouillé quelques vagues phrases de consolation dont je ne pensais pas le moindre mot. La disparition de Paul allait me permettre de sortir de ce fichu ménage à trois qui faisait tant jaser. Quant à la collection, en l'absence de Paul elle serait certainement mieux administrée par l'État que par Domenica, dont je doutais fortement qu'elle soit capable de gérer une entreprise et qui m'avait déjà montré des preuves d'un mauvais goût assez sûr.

« Qui crois-tu tromper, Jean Walter ? a-t-elle lancé alors avec un sourire malveillant. Tu penses que c'est Guillaume qui a tout fait et que je ne suis qu'une jolie dinde, un… aboli bibelot d'inanité sonore ?

– Un quoi ?

– J'y ai quand même travaillé quatorze ans, à cette bon Dieu de collection. Ça me donne quelques droits, non ?

– Un aboli bibelot de quoi ? ai-je insisté, stupéfait de l'entendre jeter négligemment dans la conversation un des vers les plus hermétiques de Mallarmé.

– Ne détourne pas la conversation, s'il te plaît. J'y ai droit, oui ou non, à l'héritage de Paul ?

– La question n'est pas là. Et si ce fameux héritage finit par sortir et qu'on te demande où est l'enfant que tu as eu avec Paul ?

– Mais il est là, a-t-elle dit en relevant sa robe jusqu'au nombril, révélant le petit coussin qu'elle s'était attaché sur le ventre. Il est encore petit, mais n'aie crainte, il va s'épaissir. »

J'en suis resté sans voix. Notre relation était encore jeune et il me faudrait pas mal de temps pour m'habituer au culot infernal de Domenica.

« C'est assez dingue pour marcher, ai-je fini par murmurer. Il va tout de même falloir trouver un moyen de transformer ce coussin en bébé.

– On a neuf mois pour ça… Largement le temps de lui choisir un sexe et une lignée. Un bâtard d'aristo, voilà qui serait chic. »

Plus tard, en buvant du champagne dans nos draps froissés, je suis revenu à ma question.

« Aboli bibelot d'inanité sonore… Tu sors ça d'où ?

– Ça sonne bien, non ? C'est un de mes ex-amants qui m'appelait comme ça : *aboli bibelot d'inanité sonore.*

– Tu sais ce que ça signifie ?

– Non. Il faudrait demander ça au type qui a écrit le poème, mais comme il est mort, chacun fait ce qu'il veut. Pour mon amant, c'était sa façon de me traiter de jolie gourde. C'est un peu ce que tu essayes de faire, non ? »

Je me suis évidemment bien gardé de répondre.

Neuf mois plus tard, le petit Jean-Pierre Guillaume faisait son entrée dans la maison. Je ne sais toujours pas comment Domenica l'avait dégoté, sans doute grâce aux connaissances et appuis du professeur de médecine qui lui avait déjà donné un sérieux coup de main, conscient ou non, en s'opposant au transfert de Paul à l'hôpital. Si c'est vrai, ce précieux praticien aura réussi le tour de force de participer à la mort d'un homme à qui, neuf mois plus tard, il fournira un héritier. Tour de force d'autant plus remarquable que la veuve et mère était stérile.

*

Le plus drôle dans cette histoire extravagante et un tantinet rance, c'est qu'on a fini par retrouver chez un notaire le testament de Paul Guillaume, qui établissait sans contestation possible Domenica comme la légataire universelle de son époux Paul. Je ne suis pas sûr que l'orphelin aurait gagné son rang de bébé héritier ni sa place au numéro 1 du boulevard Suchet si la découverte du testament était intervenue plus tôt. Connaissant Domenica comme je la connais aujourd'hui, elle l'aurait probablement renvoyé d'où il venait aussi vite qu'elle l'en avait sorti.

Je l'ai tout de suite aimé, ce petit Jean-Pierre que Domenica rebaptisa Paulo au terme d'un raisonnement particulièrement tordu : Paulo serait une référence au prénom de Paul, son premier mari… J'ai donc tout de suite aimé ce petit Paulo, contrairement à sa mère qui, sans l'avoir jamais vraiment aimé, a mis finalement pas mal de temps à le détester, sans doute aussitôt qu'elle a eu compris qu'en réussissant à donner un fils à Paul Guillaume, elle s'était donné du même coup un prétendant à l'héritage de la collection.

C'était un bébé adorable, comme du reste la majorité des bébés, et Domenica, parée comme pour un thé chez les Windsor et flanquée d'une nurse irlandaise qui poussait un somptueux landau anglais, ne détestait pas aller le promener dans les jardins de la Muette à l'heure où les femmes du monde du quartier exhibaient mutuellement leur progéniture, à grand renfort de mignardises. Ensuite, elle le refilait à la nurse, qui repartait aussitôt rejoindre ses compatriotes pour trimballer, comme elles, les poupons de la haute en papotant.

« Quand je te disais qu'on en fera un diplomate », s'est extasiée Domenica en constatant que Paulo, à quatre ans, parlait mieux l'anglais que le français.

Le reste du temps, il était remisé dans une chambre suffisamment éloignée des pièces des adultes pour que l'on ne l'entende pas pleurer.

Un diplomate, un chef d'orchestre, un géant de la finance ou un ministre, peu importait du moment que son fils soit le digne héritier de sa mère et de ses deux pères. Elle aurait pu accompagner ses rêves de grandeur du programme d'éducation qui allait normalement avec, mais elle ne pensait à lui que lorsqu'il était là et ce n'était pas souvent, tant le rythme des réceptions et des dîners fastueux l'obligeait à se consacrer tout entière à des festivités que j'ai fini par trouver extravagantes et surtout fatigantes. Elle y invitait écrivains, artistes de tous poils, hommes de science, politiciens qu'elle choisissait selon trois critères : la réputation, l'entregent, et son propre snobisme. Sans doute espérait-elle que cette concentration de cerveaux agirait par capillarité sur celui de Paulo, car il y faisait souvent de brèves apparitions, porté par sa ravissante nurse et évacué sitôt que la plénitude de ses traits était altérée par la moindre contraction due à la faim, à la douleur ou à une subite et banale envie de remplir ses langes.

C'est vrai que je n'ai pas fait grand-chose pour ce gosse pendant cette période cruciale de sa vie. J'étais sans doute trop occupé par mon amour dévorant pour Domenica, mon cabinet d'architecte, et cette foutue mine de Zellidja qui a fini par me rendre colossalement riche, mais qui m'a, littéralement et sans jeu de mots, *miné*.

L'ennui, c'est que les résultats scolaires de Paulo n'étaient pas, tant s'en fallait, à la hauteur des ambitions de Domenica. Non seulement il n'en fichait pas une rame, mais surtout il faisait preuve d'un manque désolant d'ambition.

Ma seule vraie réussite en l'espèce a été d'avoir réussi à le faire adopter par sa supposée mère en échange de la promesse que je l'épouserais tout de suite après. Elle a mis huit ans à s'y résoudre, mais elle a fini par le faire. Elle a adopté Paulo en juin 1941 et je l'ai épousée deux mois plus tard. Il était temps. Je suis sûr que Domenica – humiliée par le manque d'envergure d'un enfant nanti de deux pères aussi prestigieux que Paul Guillaume et moi-même et d'une mère adulée pour son intelligence et sa beauté – n'aurait pas tardé à trouver le moyen de s'en séparer. Elle s'est contentée de le détester et de le lui faire comprendre dès qu'elle le pouvait : « Tu m'emmerdes, tu es nul, tu n'es rien, tu n'es même pas mon fils ! » l'ai-je entendue hurler un jour de grande exaspération.

Une autre fois, elle a proclamé en public en parlant de son fils : « Je l'ai choisi comme on se décide pour un chiot plutôt qu'un autre au milieu d'une portée. » C'était vrai. Sauf qu'elle ne l'avait pas vraiment choisi, vu que la bonne sœur sinistre qui présidait à la transaction n'avait apporté qu'un bébé et que Domenica ne lui avait pas jeté un seul coup d'œil.

Moi, il me plaisait bien, ce lardon. Il mettait un peu de vie dans cet appartement qui, les rares fois où nous ne sortions pas, était d'une tristesse infinie, car si elle maîtrisait parfaitement les ressorts de la conversation mondaine, qui consiste à ne surtout rien dire, Domenica était beaucoup moins agile quand il s'agissait d'empêcher une soirée à deux de s'enliser dans un ennui – qui, par chance, nous incitait à rejoindre le lit, où nous trouvions enfin quelque chose à faire.

*

« Dis-moi, c'est quoi, cette histoire de mine de Zellidja dont je t'ai entendu parler avec Domenica ? » m'avait demandé Paul un jour que nous bavardions pendant que Domenica vivait sa vie ailleurs.

Nous étions dans l'immense salon du boulevard Suchet et, comme souvent, je racontais ma vie à Paul Guillaume frileusement emmitouflé dans une robe de chambre en cachemire. Il était un peu souffrant et nous papotions devant une bouteille de vieux porto. Nous n'étions ni l'un ni l'autre de gros buveurs, mais le porto est un vin qui se prête particulièrement bien à la conversation douillette et, en bons sybarites, nous savions qu'une bouteille entamée ne doit en aucun cas être rebouchée et qu'il convient donc de la vider. Paul n'était pas en très grande forme, Domenica trouvait même qu'il déclinait, ce qui ne l'avait pas empêchée de sortir malgré ma décision de rester à la maison pour satisfaire la curiosité de Paul.

« Ça peut être long, avais-je souri. Il nous faudra peut-être une autre bouteille.

– Ce n'est pas ce qui manque… Quant au temps, nous avons celui qu'elle va mettre à rentrer. Et ça, ça peut être vraiment long…

– Tout a commencé dans l'étude de mon avoué, maître Dubois. J'avais rendez-vous et, en entrant dans son bureau, je tombe nez à nez avec un type qui me devait 75 000 francs. Je savais qu'il n'en avait pas le premier sou, mais avant que j'aie eu le temps de lui proposer une nouvelle échéance, il me demande tout à trac d'échanger sa dette contre un droit minier qu'il possédait sur un puits romain au Maroc oriental, dans une région où l'on avait déjà trouvé du plomb.

– Ça sentait un peu l'arnaque, non ?

– C'est ce que je me suis dit, mais mon créancier avait un rapport établi par deux ingénieurs des Mines certifiant que son puits romain était en plein milieu d'une région dont les trois plus puissantes sociétés de mines métallifères d'Europe possédaient quasiment tous les droits d'exploitation. Il y avait aussi deux ou trois rapports assez circonstanciés d'honorables experts, mais surtout, il y avait cette espèce de lassitude larvée qui m'habitait depuis que j'avais passé le cap de la quarantaine et qui, sans que je m'en sois aperçu, était en train de ronger mon légendaire appétit de vivre...

– À qui le dis-tu..., a soupiré Paul, qui digérait avec peine son entrée tristounette dans la quarantaine.

– En fait, je me remettais mal de la guerre et des changements de mentalité qu'elle avait provoqués. J'avais subi plusieurs demi-échecs qui m'avaient coûté pas mal d'argent. Ma fille avait dit à ma femme que j'étais revenu complètement azimuté. Il me faut bien reconnaître que je n'ai jamais beaucoup apprécié la vie de famille, mais vers cette époque, ça s'est mis à carrément m'emmerder. Je pense que c'est à partir de là que mon couple a commencé à battre de l'aile. Mon épouse a pourtant tout fait pour me sortir du marasme. Elle a multiplié les réceptions et les rencontres avec le Tout-Paris artistique et intellectuel. On y rencontrait Le Corbusier, Arthur Honegger, Fernand Léger et Raoul Dufy, Jean Giono... J'ai même accepté de collaborer à sa revue, *Plans*, mais, comme tu le sais, sans y écrire jamais une traître ligne. C'est te dire si la perspective d'aller me balader au Maroc et d'y jouer les aventuriers a fortement pesé dans ma décision.

– En dehors de toute idée de lucre, je suppose…

– Tu peux te foutre de moi, mais je te jure que c'est l'aventure qui m'a décidé.

– Et c'était comment, l'aventure ?

– Grand, très chaud et vide. Comme le désert.

– Comme le désert ?

– En fait, le bateau sur lequel nous nous sommes embarqués à Marseille avait l'air si peu solide que l'on pouvait se demander comment il affronterait une mer un tant soit peu formée. Nous avons vite eu la réponse : il l'affrontait mal. Chaque coup de roulis le faisait trembler et couiner, il roulait comme un sabot et les marins eux-mêmes semblaient indisposés par ses foucades. À Oran, nous sommes montés dans le train pour Oujda ; un train qui semblait sortir du même atelier que celui qui avait produit le bateau ; la locomotive était si asthénique qu'elle ne pouvait grimper les rampes et qu'il fallait détacher la moitié du train pour qu'elle revienne la chercher plus tard. La gare d'Oujda – un hangar désolé – était éloignée de la ville de trois bons kilomètres et le patelin lui-même ne ressemblait à rien. Ni jardin, ni avenue, ni banque… Juste l'hôtel Simon, un sordide bâtiment à un étage dont le café était occupé du matin au soir par des joueurs de cartes. On ne pouvait parvenir à la mine qu'à cheval et sans la moindre piste, mais c'est l'arrivée sur le site qui a été le plus désespérant, j'ai bien failli repartir comme j'étais venu.

– Mais tu es resté, a-t-il souri en nous resservant. Qu'est-ce qui t'a fait changer d'avis ? Le désert ?

– C'est vrai qu'il était beau. Comme celui des toiles de Léon Belly et de Gustave Guillaumet, avec des chameaux partout et des palmiers dans les oasis, mais le plus important c'était les mouches…

– Les mouches ?

– Oui, mais à galène, et ça, ça changeait tout… Parce que, pour te dire la franche vérité, la mine de Zellidja n'était pas grand-chose d'autre qu'une arnaque dans laquelle j'étais tombé à pieds joints : un vague trou équipé d'une laverie déglinguée et entouré de casemates à peine bonnes pour héberger une escouade de clodos. Je te jure que sans les mouches à galène je serais reparti.

– Ouais, je vois. Les mouches t'ont mis en relation avec un gros gisement de plomb grâce à leurs postes à galène intégrés…

– Tu rigoles, mais tu n'es pas loin de la vérité. Si tu avais été obligé, comme moi, de faire des études pour te remplir les poches du fric des autres, tu saurais peut-être que la galène, c'est du sulfate naturel de plomb, et que les mouches sont les brillantes particules de plomb qui, comme des mouches, sont posées sur certains minéraux et…

– J'ai compris… Tu en as trouvé tellement dans le paysage que tu as pu acheter au prix de la caillasse des terrains bourrés de plomb qui peut-être, à leur tour, vont te bourrer de caillasse… En fait, tu fonctionnes comme moi. Tu te débrouilles pour donner de la valeur à des choses qui n'en avaient pas avant que tu les aimes. »

*

C'est vrai, la mine m'a rendu prodigieusement riche, mais je ne l'étais pas encore au moment où Paul et moi avions cette conversation. Il m'a fallu acheter les terrains, et pas tout à fait au prix de la caillasse, vu que certains appartenaient déjà à des sociétés minières qui savaient parfaitement ce qu'il y avait dessous. Il m'a surtout fallu trouver et persuader des hommes vivant et travaillant dans des espaces dont seul le ciel est la limite de venir s'enfermer dans un trou et de travailler comme des forçats dans un domaine habituellement hanté par les démons. Pas facile de transformer des Bédouins en taupes. Il faut un salaire attirant, bien sûr, mais comment les faire rester une fois qu'ils ont touché assez d'argent pour attendre quelques mois avant d'avoir de nouveau besoin de faire les forçats ?

C'est là que je me suis souvenu de mes débuts et des cités ouvrières que j'avais construites en France et qui ont été le commencement de ma réputation d'architecte. Et si l'on offrait aux mineurs de fond, nomades ou non, des conditions de vie semblables à celles de leurs confrères européens ? Et si je construisais des corons dans le désert ?

Il m'a fallu une bonne dizaine d'années pour réussir à faire de Bou Beker une oasis de modernité dans le désert, avec une ligne de chemin de fer directe pour Oran, l'eau courante et tout le confort moderne. Mais au moment où j'en parlais à Paul Guillaume, des fatmas apportaient les cailloux, et des hommes les réduisaient à la masse avant de les envoyer au concasseur.

*

J'ai souvent emmené Paulo à Zellidja, en dépit des protestations de Domenica, qui professait je ne sais plus trop quelle ineptie sur les méfaits de l'Afrique sur la jeunesse. Comme elle ne pouvait pas faire autrement que de le traîner dans les visites mondaines qu'elle se sentait obligée de rendre aux familles de cadres de la mine, je comptais un peu sur la présence de Paulo pour qu'elle se comporte le plus dignement possible. Qu'elle s'abstienne, en particulier, de lutter contre la chaleur en soulevant ses jupes jusqu'au nombril pour les agiter, façon french cancan, sous les regards du public, pétrifié par le côté succinct de la petite lingerie de Domenica.

C'était d'autant plus cruel pour mes pauvres ingénieurs que je savais pertinemment que, quelle qu'en soit son envie, elle ne coucherait jamais avec l'un d'entre eux. Ils étaient trop bas dans la hiérarchie pour une femme ayant déjà un probable futur Premier ministre épinglé à son tableau de chasse. De plus, elle aimait trop être l'épouse du patron pour risquer de dévaluer le titre et la fonction. À notre arrivée, elle avait séduit un jeune attaché militaire qui faisait plus ou moins partie de notre escorte, mais elle l'avait fait avec une telle discrétion que c'est à peine si je m'en étais aperçu. L'honneur était à peu près sauf et le jeune et beau militaire, inquiet des répercussions possibles de cette escarmouche sur sa carrière, avait évité pendant tout le séjour de se trouver dans la même pièce qu'elle.

En revanche, je me méfiais beaucoup d'un jeune Berbère, Idriss, dont la fonction mal définie consistait à traîner dans nos pattes en attendant qu'on ait besoin de lui. Le gaillard était d'une beauté renversante, portait la djellaba comme un prince des Mille et Une Nuits et se comportait comme s'il était certain qu'un producteur de cinéma se cachait dans nos rangs. Je m'étais même promis d'en emmener un dans mes bagages à mon prochain voyage tant j'étais certain que seul le cinéma me débarrasserait de cette gravure de mode en Technicolor sur laquelle je trébuchais de plus en plus souvent dans l'espace vital de ma femme. La vérité, c'est que, comme tous les hommes qui prétendent le contraire, je n'arrivais plus vraiment à me persuader que je n'étais pas jaloux, d'autant plus que si l'âge nous frappe tous, il est loin d'avoir le même effet sur chacun. Il est plus facile de rester la bouche ouverte que le bras tendu, avait dit un jour une de nos bonnes. Elle parlait probablement de quelqu'un de notre famille car ses joues avaient pris un joli teint betterave quand elle s'était aperçue que je l'avais entendue. Je n'avais bien sûr rien compris, mais l'expression m'avait tant plu que je l'ai un jour répétée à table à propos d'une vieille tante qui ne pouvait plus se nourrir toute seule.

J'ai aussi compris que, finalement, la jalousie est bien la preuve d'un manque de confiance, mais envers soi-même et non envers l'autre comme je l'avais longtemps cru.

Je m'étais juré, en tout cas, de ne pas quitter cet Idriss des yeux et de tout faire pour lui compliquer l'accès à Domenica.

Un jour que je partais en tournée d'inspection avec quelques hommes, Paulo, entendant le bruit de la cavalcade, s'est brusquement dressé devant nous en suppliant que je l'emmène. Il était déjà bon cavalier, mais j'ai hésité : la tournée était longue et la piste difficile.

« Demande à ta mère », ai-je hypocritement botté en touche, persuadé qu'elle ne perdrait pas cette occasion d'être désagréable avec lui.

J'en ai été pour mes frais, car elle a accepté sans murmure ni commentaire. On est donc partis chercher une monture pour Paulo, pendant qu'il allait enfiler des bottes et un pantalon, aidé par une Domenica radieuse.

Dès le départ, le cheval de Paulo, un petit arabe aussi nerveux qu'élégant, s'est mis à exploiter vicieusement l'inexpérience de son cavalier. Le gamin s'en sortait plutôt bien. Il ne se laissait pas dominer et arrivait même à empêcher le cheval de faire totalement ce qu'il voulait. Mais soudain, un serpent a filé entre ses pattes et il s'est cabré, envoyant son cavalier à terre.

Paulo s'est tout de suite relevé. Il avait l'air un peu sonné, mais pas au point de renoncer. Un de mes hommes lui a ramené son cheval et lui a tenu l'étrier pour l'aider à se hisser.

« Bravo, mon gars. Toujours remonter en selle après une chute. C'est la règle… »

Paulo m'a regardé avec un petit air malheureux, ses rênes mal rassemblées dans ses mains mal assurées. Le cheval, lui, secouait la tête en soufflant, manifestement prêt pour la deuxième reprise.

« Il est sonné, patron. Le serpent, plus la chute… Vu ce qui nous attend, il vaudrait mieux qu'il rentre. »

C'est à peine si Paulo a protesté. Seuls ceux qui ont un peu pratiqué l'équitation savent à quel point une chute peut être déstabilisante. Sans parler du désert ni du serpent.

J'ai donc fait raccompagner mon petit bonhomme par Youssouf, un de mes hommes de confiance. En revenant, celui-ci a soigneusement évité mon regard et s'est dirigé directement en tête de la patrouille sans même prendre le temps de s'arrêter.

C'était clair. Il avait surpris quelque chose concernant Domenica et il serait mort de honte sur place plutôt que de m'en parler.

La fureur ne m'a pas quitté de toute la journée. Ni le soleil, ni la fatigue, ni les difficultés de l'expédition ne sont parvenus à m'empêcher d'imaginer le sourire arrogant d'Idriss sortant triomphant de la couche de la reine. Car c'était bien en reine qu'elle se comportait au cours de ses visites, généralement brèves, avant de rejoindre l'hôtel La Mamounia, à Marrakech, où elle attendait la fin de mes séjours. Elle était surnommée « la reine des élégances parisiennes » par ma belle-fille – c'était mon fils Jacques qui dirigeait la mine. Et les femmes des ingénieurs racontaient avec agacement comment la dame au grand chapeau et aux lunettes noires faisait du charme à leurs maris. Elle avait un jour exigé de descendre dans la mine, en principe strictement interdite aux femmes. Puis, une fois remontée à la surface, baignée, massée, habillée, maquillée, coiffée, elle avait reçu les collaborateurs du patron et leurs épouses en trônant dans un grand fauteuil du salon de la résidence et, assise les jambes écartées, elle s'était de nouveau plainte de la chaleur en se troussant sa jupe sous les yeux de jeunes mères de famille exaspérées et de leurs maris sidérés par tant d'impudeur et d'arrogance.

*

En dépit de tout je continuais à l'aimer, vertigineusement, sans même prendre le temps de réfléchir, comme pendant cet après-midi sur le paquebot où je m'enfonçais dans sa chair en essayant vainement de ne pas y mêler mon cœur. Je me sentais tout remué au creux de l'estomac, là où elle avait déjà trouvé prise sur moi, à l'endroit précis où, trop vulnérable, je l'aimais déjà. Je savais que j'avais irrémédiablement perdu la tête, mes principes et une grande partie de mon honneur. Je savais qu'il fallait que je m'arrache à ses bras, que je m'échappe du piège avant de m'y dissoudre tout entier, mais tout était déjà accompli et j'avais beau être riche à tutoyer les rois, je n'étais plus qu'un esclave terrorisé à l'idée qu'on puisse le priver de ses chaînes.

*

Avec le recul que me donne ma position sur la banquette arrière de la Rolls de Lacour, je me dis que si je ne l'avais pas épousée je ne serais probablement pas en train de crever dans la voiture du plus minable de ses amants. Encore une fois, elle n'a pas pu résister à l'appel du fric. Elle en avait déjà beaucoup, mais elle va hériter de la fortune que j'ai amassée avec Zellidja si je ne trouve pas un moyen de changer mon testament avant que cette foutue voiture s'arrête pour livrer mon cadavre je ne sais où…

*

« Tu ne parles pas souvent de ton père, a remarqué Paul après un long silence.

– Mon père s'est toujours arrangé pour que ma jeunesse se passe avec le moins de loisirs possible... »

Nous étions toujours dans l'immense salon du boulevard Suchet et nous continuions, Paul et moi, à nous raconter nos vies.

« Il considérait les vacances comme une avancée particulièrement vicieuse des ennemis de la valeur travail et il m'obligeait à mettre de côté tout ce qui récompensait mes bons classements ainsi que la totalité des étrennes que je recevais à Noël. Comme sur beaucoup de sujets, il avait la certitude d'avoir raison et, considérant que ce mode d'éducation était parfaitement juste, il ne souffrait aucune discussion. Il ne parlait jamais de ses opinions religieuses, mais il est certain qu'il se comportait comme le plus rigoriste des protestants. Le bruit a même couru que sa famille était mennonite, une dissidence radicale et précoce du luthéranisme.

« Comme les Amish ? » a demandé Paul sur un ton à la fois surpris et gourmand.

Paul Guillaume n'était pas un homme facile à impressionner. J'avais beau avoir près de dix ans de plus que lui, mon expérience de la vie et de ses autochtones se limitait à des espèces assez éloignées de celles qui peuplaient les bistrots et les ateliers de Montmartre et de Montparnasse. Il m'avait emmené quelques fois à la Ruche, une sorte de phalanstère pour artistes fauchés jusqu'à l'os où j'avais pu rencontrer des spécimens humains du genre de Soutine, Modigliani, Epstein ou Chapiro. Dans ses costumes de dandy, il y avait l'air autant à sa place que dans les raouts mondains où il fourguait à des bourgeois épatés au prix du caviar les toiles qu'il avait payées à celui de la laitance de mulet. Pour moi qui avais appris à la dure que le travail peut se révéler une activité fatigante, il était comme une réincarnation du roi Midas. J'avais vite compris que cet homme aurait voulu être beaucoup plus qu'un simple marchand. Il avait affûté son œil, et quand il échangeait, c'était pour racheter mieux et garder pour lui la quintessence de sa collection. Il voulait être aussi quelqu'un qui a une pensée sur l'art. Il me parlait souvent des *Arts à Paris*, la revue d'actualité critique et littéraire des arts et de la curiosité qu'il avait créée. En marchand avisé, il avait senti que le succès de sa collection serait mieux assuré par le soutien de critiques influents et d'un discours théorique sur les peintres qu'il présentait, mais surtout par ses idées. Cette pauvre Domenica avait beau s'agiter et multiplier les déclarations dans la presse, toutes ces gesticulations ne faisaient que dévaloriser ce qu'avait fait Paul.

« On ne les appelait plus comme ça en Alsace. On disait mennonites, mais c'est pratiquement la même chose. Après quelques persécutions catholiques, le dernier noyau s'était réfugié à Montbéliard, ville dont mon père fut longtemps le président du Consistoire protestant. Un siècle plus tard, je te l'accorde, mais un siècle *seulement*.

– Je vois.

– Ça m'étonnerait, ai-je souri, mais c'est déjà bien gentil de ta part d'essayer. »

Pour l'aider dans cet effort d'imagination, j'ai entrepris de lui raconter la seule véritable épopée de ma vie.

« Passablement jaloux de mes cousins Japy et Peugeot qui se plaisaient à évoquer devant moi des voyages que je ne pouvais pas faire, un beau jour j'ai décidé d'aller voir l'Italie. C'était les vacances d'été, j'avais seize ans, et si je ne me faisais aucun souci pour le gîte et le couvert (je travaillerais dans des fermes et dormirais dans des granges), il me fallait, en revanche, me procurer un vélo, ce qui, à la fin du siècle dernier, représentait un sérieux investissement. Heureusement, j'avais une cagnotte régulièrement abondée par les étrennes que me donnait ma famille et les récompenses que me valaient mes bonnes notes. De l'argent honnêtement gagné, avais-je fait valoir à mon père en lui demandant à casser ma tirelire pour un projet aussi noble que celui d'aller connaître le monde. Mon capital se montait environ à 20 000 francs, mais mon père a refusé tout net, arguant que cet argent n'était pas un revenu, mais un capital, une assurance pour mes vieux jours, et qu'il n'était pas question que je le gaspille dans un projet aussi débile que l'achat d'un vélo.

« Malgré le caractère un peu hors-sol de ce refus – on

peut facilement imaginer qu'à seize ans je me souciais de mes vieux jours comme d'une guigne –, je n'ai pas insisté et j'ai immédiatement cherché un autre moyen de me procurer de l'argent. J'ai alors fait le tour de mes grands-parents et oncles afin qu'ils commanditent mon voyage, ce qu'ils ont tous fait avec enthousiasme. Là encore, mon père s'y est opposé avec toute la rigueur d'un esprit irrémédiablement rongé par sa lecture de Luther : "Je ne pensais pas qu'il y avait un mendiant dans cette famille. Tu vas immédiatement rapporter cet argent."

« Encore une fois, je n'ai pas discuté. À quoi bon essayer de faire changer d'avis un homme dont les certitudes sont faites de l'air qu'il respire ? J'ai pourtant fini par trouver une solution… »

J'ai laissé Paul deviner, le temps de refaire le niveau de nos verres de porto.

« Tu l'as volé.

– Quoi ?

– Ben, le vélo. C'est ce que j'aurais fait.

– Je n'en doute pas, mais ça, c'est une solution de catholique.

– Ah bon ? Parce que les protestants ne volent pas ?

– Si, bien sûr, mais ils le font avec une mauvaise conscience qu'un gamin de mon âge était encore incapable d'assumer. C'est pour ça que les catholiques ont inventé la confession. C'est plus simple, et on n'est pas obligé de restituer les objets volés pour être absous.

« En fait, j'avais trouvé dans une revue sur la géologie un article très détaillé sur l'élevage des poules. J'ai donc construit un poulailler dans le jardin d'un ami, j'ai investi dans un coq et deux poules et, surtout, j'ai veillé à ce que cette activité reste aussi clandestine que possible : je ne savais pas ce que mon père en aurait pensé, mais je n'avais aucune envie de l'apprendre. L'ennui, c'est que j'avais complètement oublié que ces animaux caquettent, griffent, fientent à jet continu et font tout pour pourrir la vie de ceux qui les nourrissent. À la tâche plutôt amusante de ramasser les œufs et d'aller les vendre au marché s'ajoutait celle beaucoup moins gratifiante de nettoyer les cages pour que ces dames puissent pondre dans un environnement convenable. J'ai bientôt été repéré au marché et, sans doute en raison de mon âge et de ma frimousse, je suis rapidement devenu le marchand d'œufs le plus couru des ménagères. Il faut dire que j'en faisais des tonnes et que je vendais mes œufs comme j'aurais passé biscuits et petits-fours dans les thés de ma mère l'après-midi au profit des dames de la paroisse, s'il avait existé quelque chose d'aussi extravagant chez les luthériens.

« Et c'est comme ça qu'un beau matin, j'ai bouclé mon sac, embrassé ma mère, donné une accolade virile à mon frère Pierre, et, sans rien dire à mon père qui, bien sûr désapprouvait le projet, j'ai donné le premier coup de pédale sur le vélo flambant neuf qui allait me conduire, sept cent soixante kilomètres plus loin, à une entrée certes discrète, mais néanmoins triomphale, dans la ville qui restera toujours pour moi la plus belle du monde, *Firenze.*

« C'est aussi là que mon avenir m'est apparu avec une évidence aveuglante : je serais architecte. »

Paul m'écoutait et son regard brillait. Blotti dans son grand fauteuil, petit, rondouillard mais toujours tiré à quatre épingles, il me guignait avec le sourire d'un grand-père écoutant les frasques de son petit-fils.

« Et tu n'en as jamais voulu à ton père ?

– Pourquoi ? Mon père était persuadé que l'éducation autoritaire vissée par la morale protestante qu'il m'a donnée était la bonne. Il m'a transmis l'impératif catégorique du dépassement et un certain complexe d'infériorité. C'est en découvrant la pluie d'embûches qui m'attendaient sur la route que j'ai compris que ça ne serait pas de la tarte, et que le chemin serait ponctué de désespoir et de fortes envies d'abandon. Non seulement je ne lui en veux pas, mais je le remercie encore pour l'aspect positif et formateur de sa sévérité. J'ai fait le dos rond, je me suis accroché, j'ai gagné mon gîte et mon couvert, j'ai fourré les doigts dans le cambouis, mais je serais mort au bord du chemin plutôt que d'affronter son regard en cas d'échec. »

À mesure que je racontais, je voyais l'œil de Paul s'allumer. La façon dont j'éliminais les obstacles pour parvenir à mon but lui rappelait manifestement des choses et il ne cachait pas son plaisir de les entendre.

De mon côté, tout en évitant d'en faire trop, j'en rajoutais sur les difficultés rencontrées et sur le courage indispensable pour les affronter. Comment ne pas chercher à frimer devant un homme qui, parti de rien, était déjà riche et célèbre à même pas trente ans ; un homme à qui j'avais piqué sa femme – encore que, vu depuis le siège arrière de la voiture de Lacour, on peut se demander qui avait piqué l'autre. Certes, Paul ne s'était pas véritablement opposé à l'opération, mais en se maintenant dans le couple il avait, pour l'opinion publique, renvoyé dos à dos le cocu et le coucou.

Bref, ce petit homme m'impressionnait, mais ç'a été le sourire chaleureux et complice qui a illuminé son visage quand j'ai essayé de traduire, sans doute maladroitement, le choc esthétique qui m'avait littéralement transformé en découvrant Florence que j'ai su que nous étions tous les deux parvenus à une sorte d'osmose, lui qui avait consacré sa vie aux peintres modernes et moi qui, tout jeune, avais eu la chance de me frotter aux anciens.

« J'ai vraiment eu l'impression d'entrer dans un tableau de la Renaissance.

– J'espère que tu n'y as pas oublié ton vélo, a-t-il dit avec un petit rire flûté.

– Non, mais j'y ai fait une rencontre qui allait déterminer toute ma vie… »

Un jour que je rêvais pour la énième fois devant le Palazzo Vecchio, j'ai senti une main se poser sur mon épaule. Un homme d'une bonne soixantaine d'années, sec, le visage buriné surmonté d'une crinière blanche et dont les yeux bleu clair formaient un curieux contraste avec les sourcils noirs et broussailleux, me souriait. Une caricature de vieux Florentin comme on en trouve dans les livres. C'est en tout cas ce que je me suis dit en le congédiant de la main pour lui signifier que je n'avais besoin ni de guide ni de quoi que ce soit d'autre.

« Une simple question, jeune homme, et je vous laisse à votre contemplation, a dit l'homme en français.

– Je vous en prie, ai-je répondu en masquant mon agacement sous une courtoisie de façade.

– Je sais déjà que vous êtes français, mais c'est votre âge que j'aimerais connaître.

– Tout juste dix-huit ans, ai-je menti. Mais comment diable savez-vous que je suis français ?

– Je vous ai entendu parler. Voyez-vous, ça fait quelque temps que je vous observe. »

Je n'ai pas pu retenir un mouvement de recul. Un drôle de vieux qui me demandait mon âge ?

« Ne vous méprenez pas, a-t-il ajouté avec un petit rire moqueur. Ce n'est pas votre corps qui m'intéresse, mais votre esprit.

– Mon esprit ? ai-je répété bêtement.

– Oui. Plus je vieillis et plus je deviens curieux. Non que je sois assez fou pour croire que j'aurai la réponse à toutes mes questions avant de partir, mais j'essaye de résoudre les plus faciles. Vous comprenez ? »

Fasciné par l'aura qui se dégageait du vieux bonhomme, et bien que nageant en pleine perplexité, je me suis entendu lui répondre par l'affirmative.

« Parfait. Je me demande donc ce que fait un jeune français d'à peine dix-huit ans, manifestement livré à lui-même car je n'ai remarqué aucune présence adulte dans votre entourage, et dont l'unique occupation semble se résumer à la contemplation des monuments de cette ville admirable à toutes les heures de la journée ou presque. Voilà. Je sais que c'est terriblement indiscret, mais rien ne vous oblige à répondre. »

Pour le coup, je n'ai pu m'empêcher d'éclater de rire.

« Ne le prenez pas mal, monsieur, mais vous avez l'air bien plus mystérieux que moi. En vous voyant, j'ai cru que vous veniez juste de sortir d'un livre sur l'histoire de Florence, une sorte d'archétype si vous voyez ce que je veux dire.

– Parfaitement. D'ailleurs, si vous avez des questions, je me ferai un plaisir d'y répondre. »

Bon, me suis-je dit, si ça peut lui faire plaisir… Et j'ai raconté mon aventure depuis le poulailler jusqu'à Florence.

« Voilà. C'est tout… Déçu ?

– Au contraire. Et les monuments ?

– Ah, c'est vrai que j'ai oublié les monuments. Comment vous expliquer ? Je suppose que vous ne connaissez pas Montbéliard ?

– Je sais où c'est, sourit le vieux.

– Ça aide un peu, mais c'est loin d'être suffisant. Disons que j'ai quitté ma ville natale avec au fond du cœur l'espoir confus de tomber sur quelque chose se rapprochant vaguement de l'idée que je me faisais de la beauté et que Florence m'a révélé l'insignifiance de mes idées. C'est un peu abstrait, je sais, mais c'est tout ce que je peux dire.

– C'est tout à fait clair, a pouffé le vieux. Vous m'avez expliqué votre amour de Florence tout en me donnant l'envie d'aller faire un tour à Montbéliard. Mais pourquoi pousser cette admiration jusqu'à revenir ici à toutes les heures du jour ?

– Pourquoi ? »

La question m'a laissé quasiment sans voix. La réponse était d'une telle évidence que j'ai eu du mal à trouver mes mots.

« Pourquoi ?… Mais parce que ça change tout le temps… Parce que rien n'est jamais pareil. Parce que la lumière du matin n'est pas la même que celle de l'après-midi. Parce que le soir descend et que les ombres changent tout. Parce qu'il est impossible de comprendre le travail de ces gens sans essayer de comprendre comment ils s'y sont pris pour ajuster en même temps des pierres et les heures du jour. Ça vous fait rire, hein ?

– Pas du tout. Je sais que vous êtes encore jeune, mais avez-vous pensé à devenir architecte ? »

« Belle histoire ! m'a complimenté Paul. *Se non è vero è ben trovato...* »

Comment s'étonner que nous soyons tombés amoureux de la même femme ?

*

J'ai revu Paulo pour la dernière fois l'année dernière. Il était sous-lieutenant dans les parachutistes et je l'ai emmené faire un tour de voilier dans la baie d'Antibes pour le plus grand déplaisir de Domenica qui, restée à terre, aurait donné cher pour savoir ce que nous nous étions dit et pourquoi nous avions l'air si heureux de nous l'être dit.

Nous avons embarqué sur l'*Amadour*, un ketch de dix-sept mètres construit en 1938 par un chantier marseillais, un de ces achats coup de cœur qui justifient à eux seuls une vie de travail et qui auraient terrassé mon digne père s'il avait encore été de ce monde.

Paulo était à la manœuvre sur le pont, et moi, que mes divers infarctus avaient rendu prudent, à la barre. C'est en regardant sa silhouette de vingt ans, mince et hâlée, que je me suis rendu compte que j'aurais horreur de le perdre.

« Tu es sûr de ton choix ? » lui ai-je demandé en maudissant ma sentimentalité. Jamais je n'aurais posé la question à aucun de mes deux fils dans semblable circonstance, mais Paulo, sans doute parce que sa mère le haïssait, avait pris une place spéciale. Un peu comme si ce gosse sorti d'on ne savait où et que Domenica aurait été ravie de noyer comme un petit chat avait réussi à se faire un cocon, tel un poilu dans sa tranchée sous les bombes.

« Je n'en ai pas d'autre. Je ne serai jamais ce qu'espère ma mère, quant à te ressembler…

– De là à partir pour une sale guerre qui n'ose même pas dire son nom. Et dans les paras, en plus…

– Tu ne m'en crois pas capable ?

– Ne dis pas de sottises. Si tu savais de quoi je te sais capable, tu n'aurais pas les chevilles aussi maigres. Non, c'est juste que… »

C'est juste que quoi, hein, Walter ? m'étais-je demandé. Que tu sens ton amour pour Domenica virer à l'aigre et que tu te méprises d'y avoir succombé sans chercher à freiner ta chute ? Que tu as peur de mourir en ne laissant de toi que le souvenir d'un nabab capricieux prisonnier des intrigues d'une mante religieuse qui pourrait bien finir par le bouffer lui aussi ?

Incapable de finir ma phrase, de lui avouer qu'il allait me manquer bien plus qu'aucun de mes trois enfants, que j'avais déshérités pour satisfaire à l'éducation débile d'un père qui proclamait que l'héritage était une calamité et qu'il engendrait des parasites, des mous et des incapables, j'ai baissé les yeux sur le compas comme si c'était lui le fautif. Quand j'ai relevé la tête, Paulo me regardait toujours, attendant visiblement que je lui en dise plus.

« C’est juste que tu ne devrais pas juger trop durement ta mère, ai-je eu le front de lui sortir, en évitant son regard.

– Je ne la juge pas. C’est elle qui m’a condamné à la transparence.

– Tu n’exagères pas un peu, non ? »

Il n’a pas relevé, mais son coup d’œil désenchanté valait toutes les réponses.

« Je ne suis rien pour elle, a-t-il fini par dire. Un poids mort… Comme un truc acheté aux puces sur un coup de tête et dont on aimerait bien se débarrasser.

– Qu’est-ce que tu racontes ?

– Ne te fatigue pas, papa. C’est elle qui m’a tout raconté dans un de ses rares élans de sincérité. Le coussin, la marchande de bébés… Tout. »

On a viré de bord et on ne s’est plus dit grand-chose pendant les manœuvres. Au bout du môle, la longue silhouette chapeautée nous attendait, raide et froide comme une femme de marin.

« Alors, les hommes ? C’était comment, la mer ? a-t-elle demandé d’une voix dénuée de toute attente.

– Comme d’habitude… C’est l’abîme plein à ras bord. »

Elle n’a manifestement rien compris à la réponse de Paulo et, d’un regard, elle m’a demandé de l’aide. Absorbé par la tâche délicate de lover une écoute, je n’ai même pas levé la tête.

« C'est censé être profond ? a-t-elle raillé sur un ton où perçait déjà sa susceptibilité à fleur de nerfs.

– Ne cherchez pas à comprendre, maman. C'est juste une citation dont j'ai oublié l'auteur.

– Jules Renard, suis-je intervenu. Et c'est : *La mer, c'est l'abîme plein jusqu'au bord.* »

Elle a cherché quelque chose à dire, mais s'est abstenue, comme si elle se rendait soudain compte d'une intimité insupportable entre Paulo et moi.

Je l'ai ensuite accompagné à Biarritz, d'où il partait en Algérie rejoindre son affectation. Je ne l'ai pas revu depuis.

*

« Comment va-t-il ? demande Lacour, comme s'il venait de lire dans mes pensées. Il tient le coup ?

– Je ne sais pas… Il m'inquiète… Il n'a pas l'air bien. Tu ne crois pas qu'on aurait dû… ?

– J'en sais rien… Peut-être, mais c'est trop tard pour changer d'avis. »

Drôles de gens… Ils sont en train de me laisser mourir, mais continuent à se jouer la comédie. Le plus fort, le plus bluffant, c'est qu'ils ont agi sans se consulter. Forcément. Ils n'en ont pas eu le temps. Ils l'ont décidé comme ça, au débotté, comme pour Paul. Avec une formidable aptitude de grand fauve à saisir l'opportunité. Elle aura réussi à zigouiller ses deux maris en évitant chaque fois l'attirail désagréable du meurtre. Qui pourrait leur reprocher d'avoir choisi la mauvaise solution dans le tumulte et l'angoisse de l'urgence ? C'est admirable… Et c'est comme ça qu'elle va s'en sortir une nouvelle fois.

Mais ai-je le droit de me plaindre, alors que pour l'amour de cette femme j'ai couvert de mon silence la mort de ce pauvre Paul ? Après tout, c'est sans doute le succès de ce premier meurtre qui lui a donné l'idée du second.

*

Pendant ce temps, Domenica continuait à mener la grande vie, entre Paris, le cap d'Antibes et Megève, sa nouvelle toquade. Ce petit village de Haute-Savoie avait été lancé à grand renfort de néomanie militante par la famille Rothschild et la comtesse de Paris pour concurrencer Saint-Moritz, coupable à leurs yeux d'abriter trop d'Allemands. Incapable de résister à sa fascination pour les délices du snobisme, Domenica a été la première à s'y faire construire un chalet mais, incapable également de résister à ses pulsions pour le plus authentique des mauvais goûts, elle en a orné le fronton d'une énorme peinture de saint Dominique surmontée de l'inscription *Domenica ora pro nobis*. Cette invraisemblable fresque dédiée à sa gloire plutôt qu'à celle de l'inventeur de l'Inquisition – le vocatif de *Dominicus* demeurant envers et contre tout *Dominice* en dépit des souhaits de Domenica – continue à interloquer les latinistes de passage.

Seule ombre au tableau, je refusais de divorcer de ma femme. Sans doute pour me punir et bien marquer son statut de femme libre, Domenica a continué à collectionner les amants, comme elle collectionnait les sacs à main, les chaussures, les bijoux, les cartes postales et la vaisselle. J'ai bien essayé de lui faire comprendre que ses frasques et ses aventures me portaient tort, elle m'a tenu jusqu'au bout la dragée haute : le mariage ou la liberté.

Pour finir, c'est Jeanne qui a pris les devants et la poudre d'escampette en me laissant seul dans le duplex de huit cents mètres carrés. Je me souviens du désarroi qui m'a saisi face aux piles de cartons qui attendaient l'arrivée des déménageurs. Mon cœur s'était serré d'angoisse devant ce qui représentait vingt-cinq ans de bonheur avec une femme que je n'ai jamais cessé d'aimer et d'admirer. J'ai contemplé le désastre auquel se résumait ma vie et j'ai écrit à Jeanne une lettre où je lui demandais pardon pour tout, mais comment s'excuser d'être submergé par un amour si grand qu'il me faisait perdre la raison…

Jeanne a fini par obtenir la séparation de corps puis le divorce, un an avant de mourir d'une leucémie.

Depuis bien longtemps, je ne peux penser à elle sans un profond sentiment de culpabilité. C'était un véritable rayon de soleil, vive, toujours prête à faire la fête, mais pas seulement. Ni elle ni nos trois enfants n'avaient mérité un tel traitement. Je suis coupable, et s'il existe une justice immanente, c'est ici, sur la banquette arrière d'un Lacour, qu'elle est en train de s'exercer.

Mais pourquoi évoquer ces années heureuses alors que je vais mourir incessamment… sauf complications…

Précisément parce que c'est cette obstination à devenir riche qui a causé ma perte. Ça et l'arrivée de Lacour dans le décor. Qu'est-ce qui a bien pu inciter Domenica à me faire avec Lacour le coup qu'elle avait fait à Paul avec moi ? Mystère. Elle s'était déjà encombrée d'un fils adoptif alors que Paul Guillaume avait pris la précaution d'assortir sa donation d'une très large « réserve d'usufruit ». Ce qui signifiait que son épouse continuerait à jouir de la collection jusqu'à son décès et qu'elle pourrait même vendre des œuvres. Et ainsi conserver son train de vie.

*

J'avais trente et un ans, trois enfants et une carrière solidement entamée quand j'ai été mobilisé le 1er août 1914, et j'ai fait ce qu'il convient d'appeler une belle guerre. Capitaine de chasseurs à pied avec deux cent cinquante hommes sous mes ordres, j'ai accompagné le mouvement des armées remontant vers le nord, depuis les Vosges. J'ai participé à la bataille de la Marne, puis, en juillet 1916, à celle de la Somme, où j'ai été cité pour ma conduite au feu, ce qui m'a valu la croix de guerre. J'ai même inventé un système de protection antichar qui, bien que presque complètement inutile, a attiré l'attention sur moi. J'ai été blessé trois fois et, à la fin, on m'a décoré de la Légion d'honneur. C'était dur, j'ai mis pas mal de temps à m'en remettre physiquement, j'y ai perdu deux frères, mais j'étais un ancien combattant héroïque et décoré, quelqu'un dont la patrie pouvait être fière... et réciproquement.

Rien à voir avec la seconde. Quand l'Allemagne a attaqué la France, le vétéran médaillé de la Grande Guerre, le capitaine d'industrie, l'architecte visionnaire, a été contraint de faire comme tout le monde : sauver les meubles – et Dieu sait qu'il y en avait.

Je me souviens encore de la lettre que j'ai écrite à mon fils après notre exode.

Nous voici réfugiés. La France est comme une fourmilière qui a reçu des coups de pied. Aucun canon de campagne n'avait d'action sur les cuirassés. Trois mille tanks lourds ont tout broyé sur leur passage. Le voyage a été effroyable. Un cortège sans fin de voitures agricoles à cheval, de camions, d'autos, de chevaux venant de Belgique jusqu'à Tours. À Biarritz la situation est à pleurer. L'atmosphère est irrespirable. Des milliers de réfugiés se pressent. Personne ne comprend ce qui se passe. Tout le monde rit, la radio joue des valses lentes alors qu'on a tant de mal à retenir ses sanglots...

Le 6 juin, c'est la débâcle.

... Mes vieilles blessures se sont réveillées, me laissant peu de répit. Il va falloir travailler au redressement du pays. Nous devons nous préparer à une guerre longue, prévoir le pire. Il va falloir produire le plus possible. Peut-être faudra-t-il repartir entièrement de zéro. Nous sommes bien décidés, Domenica et moi, à vivre dorénavant de rien[1].

En attendant de *vivre de rien* (inutile de préciser que Domenica ignorait tout de ces déclarations plutôt bravaches), il était urgent de mettre à l'abri de la cupidité des nazis la collection, et mes réserves d'or, de bijoux et de dollars. Il fallait absolument déménager ces tableaux avant que les Allemands s'en emparent, soit pour les mettre en caisses et les expédier en Allemagne, soit pour faire un gigantesque autodafé de cet *art dégénéré* comme le préconisait Goebbels. Pour l'argent et les bijoux, c'était facile, mais pour la collection, c'était une autre histoire. Où dissimuler un tel trésor en zone occupée ?

« Tu t'en fais trop, mon chéri, avait essayé de me rassurer Domenica. J'ai rencontré hier le nouvel ambassa-

1. Ces deux extraits de lettres véridiques ont été tirés du livre de Clotilde de Gastines et Mathieu Rolin, *Passion Zellidja. Itinéraire d'un homme pressé*, Le Fennec, 2018.

deur d'Allemagne. Il est charmant, très cultivé, et sa femme est française… »

Il faut lui reconnaître qu'elle n'avait pas perdu un instant pour commencer à se frayer une place dans les agendas des autorités civiles allemandes et qu'elle avait vite rejoint ses amis parisiens impatients de se mêler au gratin très aristocratique de l'armée allemande.

« Peut-être, avais-je fait remarquer, mais la direction des musées nationaux a fait évacuer vers le château de Chambord deux cent quatre-vingt-trois tableaux du Jeu de Paume, notamment des Picasso, des Modigliani. Ils sont peut-être mieux renseignés sur les intentions de ton ami Otto Abetz. »

Trois jours plus tard, elle avait manifesté une légère inquiétude en apprenant que les services du très courtois Otto Abetz avaient entrepris une recension implacable des œuvres détenues par les grands musées français, mais aussi par les collectionneurs privés comme les Rosenberg, Wildenstein, Alphonse Kann ou Edmond de Rothschild.

« Oui, mais ils sont tous juifs, avait-elle objecté. C'est pas tout à fait pareil… »

La déclaration de guerre, hormis le souci qu'elle se faisait pour ses bijoux, son or et *sa* collection, n'avait pas vraiment bouleversé Domenica. Elle voulait à toute force ignorer de quoi était capable le régime nazi. Le sort des Juifs, fussent-ils confrères et supposés amis, la laissait assez indifférente. D'ailleurs, la plupart de ceux qu'elle connaissait avaient quitté Paris. Non, l'unique chose qui la préoccupait en ce début de Deuxième Guerre mondiale, c'était la perspective de notre prochain mariage, rendu possible par la mort de ma femme et la signature par elle de l'acte d'adoption de Paulo. Son obstination et sa patience allaient finir par payer : au moment de la déclaration de guerre, Zellidja et la flambée du plomb avaient fait de moi un des hommes les plus riches du pays. J'avais les moyens d'assouvir mes rêves de conquête industrielle les plus ambitieux et de combler au-delà de toutes ses espérances la frénésie de luxe de Domenica. C'était sans compter les aléas de la guerre, qui allaient contrecarrer tous mes plans. Mais ma future épouse n'avait, bien sûr, aucun moyen de le savoir et c'était donc un magnat du plomb qu'elle s'apprêtait à épouser.

Certes, Domenica n'était pas juive, mais, au fur et à mesure de l'avancée victorieuse des troupes nazies, et même si on évoquait toujours l'aversion d'Hitler et de Goebbels pour l'*art dégénéré* des collections et des musées français, on parlait de plus en plus de l'avidité des chefs nazis pour des trésors qu'ils affectaient de mépriser tout en rêvant de les glisser dans des caisses et de les envoyer au pays. Un beau jour, nous avons décidé de tout mettre à l'abri. D'abord une centaine de tableaux, soigneusement sélectionnés à la fois pour leur valeur et le degré de rage purificatrice qu'ils risquaient de provoquer dans les cervelles des censeurs nazis. Ceux-là partiraient avec nous jusqu'au sous-sol bien gardé d'un immeuble cannois que j'avais acquis récemment. Le reste, quelques Renoir, le portrait de Paul par Modigliani et ceux de Domenica par Derain et par Marie Laurencin, continuerait à décorer les murs de l'hôtel particulier de l'avenue Gabriel. Le partage a été, bien sûr, déchirant. Nous avons failli divorcer cent fois avant de réussir, à l'autre bout du voyage, à nous marier.

J'avais fait installer les caisses de tableaux dans un camion, et je suivais avec Domenica et Paulo au volant d'une puissante et robuste Delahaye un tantinet surbaissée par le poids des bagages de Domenica, en particulier une caisse en métal contenant quelques lingots d'or, des liasses de billets et autres babioles *indispensables*, plus un coffret à bijoux Hermès en daim posé sur le cuir crème des banquettes de la somptueuse voiture, sur lesquelles Paulo s'est empressé de dégobiller à la sortie d'un virage que j'avais pris un peu serré. Il a fallu s'arrêter, empêcher Domenica de gifler son fils et nettoyer le vomi sur les sièges et le coffret Hermès qui, lui, ne s'en est jamais remis. Il a fallu aussi sortir une valise d'un coffre littéralement bourré, en extirper une chemise et la faire enfiler à un Paulo en larmes, tout ça dans la chaleur, la poussière, le vacarme des klaxons excédés et un florilège d'insultes vigoureuses et très ciblées sur ces foutus richards qui, en plus d'être la cause de la guerre, encombraient les routes des pauvres gens avec des bagnoles qu'on aurait dû leur confisquer depuis longtemps. C'est vrai que nous n'étions pas nombreux à faire la route en voiture de luxe. À se demander si la peur de l'occupant, la frénésie de passer en zone libre n'étaient partagées que par ceux qui n'avaient rien à perdre.

Des chasseurs Messerschmitt rasaient régulièrement cette colonne misérable en faisant hurler leurs mille cinq cents centimètres cubes. De temps en temps, comme par désœuvrement, un pilote lâchait une longue rafale avant de reprendre de l'altitude, laissant derrière lui une clameur de peur et de sang.

On a mis deux jours à rallier Cannes. Deux jours à se frayer un chemin dans une confusion de véhicules auto ou hippomobiles, de voitures à bras, de carrioles encombrées de valises mal ficelées et de monceaux de literie déjà salis par l'infernale poussière soulevée par l'exode.

Je ne suis resté à Cannes que deux ou trois semaines, le temps de faire signer à Domenica les documents officialisant son adoption de Paulo et, surtout, les papiers pour notre mariage.

Elle attendait depuis quatre ans de devenir officiellement ma femme. Il avait fallu le décès de Jeanne, mais aussi que la guerre vienne bousculer les conventions et installe dans le pays un climat d'incertitude et de peur. Il lui avait surtout fallu passer sous les fourches Caudines de l'adoption de Paulo. Dieu sait si elle avait traîné les pieds, mais j'en avais fait une obligation dirimante.

Je m'étais dit que ça ferait de Paulo son héritier officiel et que cela le mettrait à l'abri des foucades de sa mère.

À la réflexion, sur ma banquette de douleur, je me demande si je n'aurais pas mieux fait de prévoir aussi quelque chose sur mon testament.

Tout de suite après le mariage, j'ai filé à Bou Beker avec Paulo pour le confier, le temps de la guerre, à mon fils Jacques, lui-même père de trois enfants.

Ensuite, j'ai fait comme les copains. J'ai essayé de jouer aux échecs avec un monde en pleine folie.

Cette fois il allait s'agir d'abord de moi et des miens, la France passerait après. Inutile de préciser que Domenica n'était pas au courant de notre supposée décision de *vivre de rien*. L'aurait-elle été que nous n'aurions jamais pu nous entendre sur ce *rien*.

Un peu rassurée par les nouvelles des amis qui étaient restés ou avaient regagné la zone occupée, elle était rentrée à Paris où, m'avait-on dit, elle avait repris ses habitudes mondaines. Son vieil amant Albert Sarraut ne faisait-il pas partie des deux cent quatre-vingt-six élus radicaux et socialistes qui avaient voté les pleins pouvoirs à Pétain ? De Vichy il pourrait lui envoyer tous les documents nécessaires. Pourquoi aurait-elle craint les mesures contre les Juifs, elle qui avait été l'épouse d'un homme qui avait monté sa collection contre ses rivaux juifs ?

En ce qui me concernait, les perspectives étaient beaucoup moins claires. Bien que viscéralement opposé au gouvernement de Pétain, j'étais obligé de passer par Vichy pour vendre mon plomb. Si je ne coopérais pas, je risquais de perdre la mine. J'ai donc dû maintenir la production de Zellidja, mais en en limitant le rendement et en dissimulant les capacités réelles des gisements. Il fallait attendre, ce qui signifiait jongler sur un échiquier miné pendant plusieurs mois. Heureusement que mon ami et beau-frère Jean, le frère de Domenica, cadre dirigeant chez Shell Afrique du Nord, avait déjà des rapports étroits avec les Américains.

Mais impossible de leur vendre du plomb, sous peine de fâcher sérieusement Vichy et les nazis. De l'autre côté, Zellidja avait dramatiquement besoin de liquidités et vendre à Vichy signifiait participer à l'effort de guerre nazi, ce que les Alliés ne me pardonneraient jamais en cas de défaite du Reich. Finalement, j'ai été arrêté par les Allemands *et* par les Américains.

Tandis que les Allemands m'expulsaient de mon appartement de la Muette comme un vulgaire locataire pour y loger le haut commandement de la Marine de guerre, Domenica multipliait les gestes d'amitié envers l'occupant.

Pourquoi et comment me suis-je retrouvé parmi les organisateurs de l'exposition d'Arno Breker ? Sans doute grâce à Domenica – ou à cause d'elle et de son infaillible don pour se maintenir à proximité du pouvoir. En mai 42, l'artiste officiel du Reich exposait à l'Orangerie. De nombreuses personnalités assistaient à l'inauguration, parmi lesquels Aristide Maillol, Drieu la Rochelle, Sacha Guitry, André Derain et Jean Cocteau. Mais je n'étais pas qu'un simple invité, j'avais aidé à organiser l'événement en compagnie d'antisémites notoires comme Auguste Perret, Paul Belmondo ou Robert Brasillach. Je savais que des familles juives avaient été spoliées de leurs œuvres d'art. Franchement, avec le recul et à l'instant où la longueur de ma vie future est à peu près égale à celle de la banquette arrière de la Rolls de Lacour, j'éprouve une grande honte de cet épisode de ma vie. Arno Breker était architecte et sculpteur, et je l'avais connu avant la guerre. Il m'avait demandé de l'aider pour son exposition et j'avais accepté de me mêler à la clique de ceux qui dénigraient l'art que j'aimais, volaient et déportaient mes amis juifs. Je le reconnais, c'était par pur opportunisme, pour m'attirer les sympathies de dignitaires nazis haut placés. Breker, proche d'Hitler, avait beaucoup d'influence. Il protégeait déjà Picasso des officiers de la Kommandantur. Avec un tel ami je serais à coup sûr à l'abri des répercussions de tous les coups tordus que je manigançais pour maintenir ma fortune et ma position.

Il me faut bien reconnaître que Domenica, sans être au courant de tous les détails des manigances en question, donnait de sa personne pour maintenir notre couple au plus près des projecteurs de la puissance occupante. Un jour, à la fin d'un dîner chez le général von Stülpnagel, un sexagénaire séduisant et commandant en chef des troupes d'occupation, son hôte lui a demandé ce qui pourrait lui faire le plus plaisir. « Remonter les Champs-Élysées avec vous et que toutes les lumières s'allument sur notre passage. »

Ainsi fut fait.

Elle se croyait intouchable. Sa beauté, son élégance y étaient sans doute pour beaucoup, mais elle était surtout protégée par de puissants amis, dont René Bousquet, chef redoutable de la police qu'elle avait rencontré tout jeune à Toulouse où il faisait ses premières armes sous la protection de Maurice Sarraut, directeur de *La Dépêche du Midi* et frère d'Albert Sarraut.

Tout ça ne m'a pas empêché de perdre beaucoup d'argent – ou plutôt d'en gagner moins que prévu –, et d'être arrêté deux fois par les Allemands et une par les FFI. Les suites de la Libération n'ont pas été plus roses. On se méfiait de notre couple et j'ai longtemps craint la nationalisation de ma mine. C'est ce qui est arrivé à Renault, qui, lui, avait collaboré avec les nazis.

Dieu merci, personne n'a eu l'idée saugrenue d'accuser ma femme d'avoir couché avec les boches. Après tout, ceux qui l'avaient protégée si efficacement étaient morts, ou bien en prison ou en fuite...

*

Maurice Lacour… Au volant de sa Rolls, il pérore, vante son instinct de thérapeute en assurant à Domenica qu'ils ont choisi la bonne solution, la seule qui me donne une chance d'arriver vivant à l'hosto…

Je l'ai vu pour la première fois à une des ventes organisées par Domenica, celle où elle s'était débarrassée d'un Picasso ou deux au profit d'une poignée de Carzou et de quelques Lorjou.

« Quand même, avais-je fait remarquer, vendre Picasso pour acheter du Carzou, c'est un peu…

– J'ai toujours détesté sa période cubiste, avait-elle répliqué, et c'est ma collection. J'en fais ce que je veux. Il serait temps que les bonnes âmes comprennent que Paul n'est plus là. »

Les enchères crèvent le plafond et le Picasso part pour plus du double de sa mise à prix. J'avais fini par remarquer un petit homme qui, depuis le début de la vente, faisait des pieds et des mains pour se rapprocher de Domenica. J'avais d'abord cru que c'était un de ses ex-amants, mais avec sa bouille rondouillarde et ses cheveux plaqués, il avait plus l'air d'un boucher en goguette que d'un séducteur de haut vol.

Plus tard, dans les salons du Ritz où se donnait le cocktail, je l'ai revu parmi les membres du gratin qui se pressaient autour d'elle. Il a glissé quelques mots à l'oreille d'une grande bringue emplumée, qui a aussitôt fendu la foule avec un criaillement de pintade.

« Domenica, ma chérie… Dans mes bras ! Quel

triomphe ! Tu es comme le roi Paillasse, tout ce que tu touches se transforme en or !

– Midas, avait rectifié le petit homme d'une voix lasse.

– Mais parle-moi de toi. Comment vas-tu ? »

La familiarité de la grande bringue avait manifestement pris Domenica de court.

« Pas mal. Et vous ? a-t-elle bredouillé.

– Je suppose que tu veux parler de mes fameuses migraines ? Dis-pa-rues ! Comme par enchantement. Un vrai miracle ! Et justement, je suis venue avec le magicien ! »

Domenica avait l'air si estomaquée que je me suis dit qu'il fallait faire quelque chose avant qu'il soit trop tard, mais c'était justement trop tard.

La grande bringue s'était déjà écartée comme un rideau de scène pour dévoiler le petit homme.

« Le docteur Maurice Lacour. Le prince des homéopathes. Personne ne sait exactement ce que c'est, mais tout Paris se soigne chez lui. N'est-ce pas, cher Maurice ? »

Le *cher Maurice* a tempéré d'un geste empreint de modestie l'introduction flatteuse qu'il avait pourtant sans doute demandée, et s'est incliné sur la main que Domenica lui tendait. J'ai même cru qu'il ne la lâcherait jamais, cette main.

« Je sens en vous de fortes tensions, chère madame », a-t-il déclaré en abandonnant à regret la main de ma femme.

Elle a légèrement sursauté. Elle a regardé sa main comme si elle n'était pas sûre de la reconnaître, sa tête s'est relevée, son regard a filtré sous le bord du chapeau pour venir se fixer à celui, très intense, de Lacour.

La grande bringue s'est mise à caqueter comme une poule qui aurait pondu un œuf d'autruche. Le visage de Domenica était étonnamment détendu. Elle s'est autorisé un sourire. Lacour semblait lui parler à l'oreille, tout en maintenant la distance des convenances, et moi je me suis dit qu'il n'était pas nécessaire de comprendre ce qu'elle lui trouvait pour être certain que je n'avais pas fini de l'avoir sous le nez.

J'avais raison au-delà de tout pessimisme puisque, aujourd'hui, c'est lui qui ruse avec le temps pour me laisser crever.

*

Sans surprise, Domenica a fini par m'imposer Lacour comme elle m'avait imposé à Paul Guillaume. Cette femme a un tropisme pour le ménage à trois qui me laisse pantois. Certes, mon arrivée dans son couple avait sans doute quelque chose à voir avec la santé déclinante de Paul et son manque d'enthousiasme grandissant pour le sexe, mais bon sang de bois, j'étais encore gaillard quand elle m'a lancé Lacour dans les pattes !

Le fait est qu'il est parvenu à calmer ses douleurs et qu'elle a multiplié les visites à son cabinet. Elle lui en a été sans doute plus que reconnaissante, mais il y avait eu tant d'autres amants que j'ai choisi de regarder ailleurs. En direction de Bou Beker, bien sûr, et du flot d'argent que la mine faisait entrer dans mes poches. L'ennui, c'est qu'on se lasse de tout et que, l'âge venant, gagner de l'argent m'amusait de moins en moins. Paulo s'était engagé dans les paras. Il combattait en Algérie et, contrairement à sa mère, je me faisais pas mal de souci pour lui. Toujours est-il que quand je me suis aperçu que Lacour prenait ses quartiers aussi bien à Paris, à Dordives, qu'à Megève ou au cap d'Antibes, j'ai fini par me poser des questions sur les vrais talents de ce morticole. Il se disait médecin, homéopathe et s'était adjugé tout seul le titre de psychiatre, ce qui l'autorisait à proférer n'importe quelle ânerie pourvu qu'elle semble formulée dans l'obscur sabir à la mode. Bien sûr, il a cultivé les penchants de Domenica pour l'ésotérisme et les phénomènes paranormaux, auxquels il n'hésitait pas à recourir dans sa pratique médicale. Tout chez lui puait le charlatan, mais tant qu'il soulageait ma femme de ses douleurs et de leur redoutable retentissement sur son caractère, je ne pouvais pas faire grand-chose. En vérité, c'était pure lâcheté de ma part.

C'est cette lâcheté que je ne finissais pas de payer au moment où le sort a voulu que je sois percuté par un de ces chauffards que le destin investit parfois de ses étranges décisions.

J'ai pourtant essayé de le forcer, ce destin, le jour où

je suis rentré de Paris après avoir découvert dans la pharmacie de Domenica les preuves que son génie de la médecine n'était qu'un charlatan de bas étage.

C'était le soir et nous étions quatre à table : moi, arrivé en retard et ruminant ma rogne, Domenica, à peu près aussi ingambe qu'un ectoplasme, Paulo, livide et qui semblait partagé entre l'effondrement et la fureur, et Lacour qui, bien sûr, sentait cette tension, mais tentait de la meubler en accaparant une parole que personne, au reste, ne lui disputait.

« … c'est en tout cas ce que me disait mon maître. C'était un de ces médecins pour lesquels l'âme compte au moins autant que le corps. Quand je dis l'âme, c'est par souci de rester compris de tous. Il y a dans la nature des forces dont nous ne soupçonnons pas l'existence, et encore moins la puissance.

– Mais qui ne sauraient échapper à l'intensité du rayonnement de votre pensée, bien sûr », ai-je fait remarquer.

Chaque fois que je repense à cette scène, je me demande comment j'ai pu faire sortir cette phrase du bloc compact de mes mâchoires. Lacour avait dû se poser la même question.

« Ah ! Je devine en vous les réticences du cartésien, de l'homme carré que vous êtes, mais je vous sens bien tendu, mon cher Jean, a-t-il répondu d'une voix soudain désincarnée, et j'y vois les effets de ce que l'endocrinologue canadien Hans Selye a récemment appelé le *stress*, que l'on pourrait définir comme l'ensemble des réactions biologiques d'un organisme soumis à des pressions ou à des contraintes de l'environnement… Mais pour répondre à votre remarque, a-t-il continué en laissant déraper un regard inquiet sur son auditoire, oui je les connais, ces forces. J'ai lu Gurdjieff, je me suis intéressé à la théosophie, au soufisme et, en séparant le bon grain de l'ivraie, j'ai trouvé de quoi remettre sur pied notre Domenica…

– Sur quel pied, le tien ? »

La bouche tordue, blême de fureur, Paulo fixait Lacour tandis qu'un silence soudain strident tombait sur la tablée.

Le bon docteur s'attendait à un coup venant de ma part, et l'attaque de Paulo l'avait manifestement déstabilisé. Le regard désespéré qu'il m'a lancé exigeait qu'en tant que père, je renvoie l'impertinent dans sa chambre.

« Paulo, veux-tu nous laisser, s'il te plaît, ai-je fait avec calme. J'ai un mot à dire en privé au docteur Lacour. »

Je me suis tu jusqu'à ce que Paulo ait quitté la pièce. Puis j'ai asséné le coup de grâce à un Lacour rasséréné par ma sévérité paternelle.

« C'est quoi, ça ? » ai-je demandé en posant brutalement une poignée de petits flacons sur la table.

Il s'est imposé toute une gymnastique faciale pour prendre l'air étonné, pendant que Domenica laissait échapper un gloussement étranglé.

« Je les ai trouvés dans l'armoire à pharmacie de Domenica, à Paris.

– Alors tu fouilles dans mes armoires maintenant ? a glapi mon épouse, indignée.

– C'est… une dilution de laudanum… Un dosage très léger, a argumenté Lacour emmerdé.

– Non, c'est de l'opium. Et de bonne qualité, en plus. Je suis passé voir un pharmacien en venant. Vous êtes en train d'intoxiquer ma femme… Je suis sûr que si je fouillais ici, la police…

– Allons, mon cher Jean, évitons de tomber dans le drame pour ce simple adjuvant à une cure qui, par ailleurs… »

C'est là que j'ai senti mon côté gauche me tirailler, mon bras gauche se faire plus lourd.

« Je vous demande de quitter immédiatement ma maison », ai-je hurlé en tapant si fort sur la table que la vaisselle en a sursauté.

Lacour a blêmi et Domenica m'a lancé un regard de haine. Il s'est levé et s'est dirigé vers la porte. J'aurais voulu garder jusqu'au bout ma stature de *Jupiter fulminans*, mais la douleur de mon bras gauche s'était muée en violent coup de poignard et c'est tout juste si je suis parvenu à maintenir un semblant de dignité dans ma démarche avant d'aller m'écrouler au fond du jardin.

C'est évidemment Lacour qui a réagi le premier.

« N'ayez pas peur, cher ami, a-t-il susurré sur le ton horripilant qu'on leur enseigne sûrement à la fac de médecine. C'est certainement un infarctus du myocarde, mais heureusement, je suis là et l'ambulance est en chemin… »

Et le compteur a été remis à zéro. Un partout, balle au centre.

La main de Domenica s'est posée sur mon front, mais je n'ai pas osé regarder ma femme. De peur peut-être de voir briller dans ses yeux magnifiques l'étincelle de triomphe saluant sa victoire dans le combat que je venais définitivement de perdre.

Cette fois-là, l'ambulance est arrivée à temps. On m'a transféré dans un hôpital dont j'avais dessiné les plans, et plus de la moitié des grands médecins qui se sont affairés autour de moi avaient sans doute bien connu ma femme. Lacour, trop malin pour aller se frotter à la concurrence, a disparu du tableau pour se consacrer uniquement à l'arthrose de Domenica.

En rentrant de l'hôpital, je me suis aperçu qu'elle m'avait installé dans une autre chambre. Nous faisons désormais chambre à part. Ça ne change pas grand-chose à la fréquence de nos rapports, j'ai juste eu l'impression de monter en grade dans l'obscure hiérarchie de la bourgeoisie…

Deux ans plus tard, me voilà en train de claquer sur la banquette arrière de la voiture de l'amant de ma femme… Un peu boulevardier pour quelqu'un qui se voyait plutôt mourir en héros shakespearien…

PAULO

Sometimes I feel like a motherless child...

Ce coup-ci c'est bien fini. Cette vieille garce n'est plus ma mère. Moi qui cherchais tout ce qui pourrait m'aider à me débarrasser du nom de Domenica Guillaume-Walter et à retrouver enfin le beau nom d'orphelin. Elle, elle l'a fait en une seule réplique. Putain ! Si j'étais vraiment le voyou, le bon à rien, le cancre incapable d'être autre chose que de la chair à canon ou à prison, je l'aurais assommée avant de récupérer tous les trésors qui m'appartiennent pour moitié et de filer sans me retourner. Pourtant j'étais bien parti, pour un petit gars de l'Assistance. J'étais même un de ceux sur lesquels la Providence veille avec le plus d'ardeur. Une mère célébrée dans le gotha du Tout-Paris pour ses toilettes, ses amants et ses deux maris, mes deux pères pour faire court, bien que les chromosomes qui me font tenir debout ne soient ni ceux de Paul Guillaume, ni ceux de Jean Walter. Non, mes chromosomes à moi, c'est du côté des filles-mères et des pue-la-sueur qu'il faut les chercher. J'avais pas loin de dix-huit ans quand elle me l'a notifié : « Tu me vois vraiment enceinte de toi ? Je t'ai acheté, mon petit, dis-toi bien ça, et tu es loin d'être le meilleur investissement de ma vie ! » Choisi comme un chiot dans un abri de la SPA… J'espère que les bonnes œuvres n'ont pas balancé le reste de la portée dans la Seine.

Quand j'ai reçu son mot – sa convocation devrais-je dire –, j'ai cru naïvement qu'elle m'invitait à déjeuner et qu'elle attendrait la fin du repas pour m'instiller le venin qui expliquait cette envie soudaine de me revoir. Les années 60 étaient passées sans qu'aucun de nous deux ait fait mine de s'intéresser à l'autre. Mais la carne est toujours aussi radine. Elle m'attend dans la semi-obscurité d'un salon éclairé aux chandelles. Malgré la pénombre, elle porte de grosses lunettes de soleil. Le maquillage qui fige ses traits est si épais qu'on la croirait déjà momifiée. Comme d'habitude, le col d'une bouteille de champagne dépasse d'un seau en argent, mais elle s'est bien gardée de m'en offrir une coupe. Bon, c'est vrai qu'elle a pris un sacré coup de vieux, mais elle est encore Domenica, la reine des élégances, la femme presque aussi riche d'anciens amants que de bijoux et de millions en banque, la femme qui a tué ses deux maris et qui a bien failli avoir la peau de son « fils » sans jamais connaître la justice ni la prison autrement que par l'intermédiaire de son dernier régulier, un scélérat sans envergure, un charlatan dont l'insondable connerie a failli la faire plonger, elle et sa collection chérie qu'elle a bien été obligée de refourguer à Malraux comme le voulait son premier mari, Paul Guillaume, mon premier père, celui qui m'a attendu toute sa vie, qui est mort de m'avoir tant désiré et qui ne m'a jamais connu. En fait, il n'était pas plus mon père que le second, mais on peut dire que c'est lui qui a eu l'idée de... Bon Dieu, c'est un vrai sac de nœuds, cette histoire, un nœud de vipères. Il faut pourtant que je la raconte, sinon, si je disparais il n'y aura plus que la version de Domenica et j'y tiendrai encore une fois le mauvais rôle.

*

Au début était Paul Guillaume, un type très malin qui, sans avoir jamais mis les pieds à l'école, avait inventé la peinture moderne. Je m'explique : petit à petit, les peintres modernes s'étaient mis à peindre des tableaux qui prenaient de plus en plus de libertés avec la réalité. Ils ne peignaient plus ce qu'ils voyaient, mais ce qu'ils pensaient, comme si la photographie les avait libérés, et Paul avait inventé le discours qui les rendait plus visibles en les reliant tous entre eux et à l'époque. Fallait le faire, parce qu'il n'y a rien de plus difficile que d'évaluer un tableau. On peut le trouver beau, agréable, parfaitement à sa place au-dessus du canapé du salon, mais pour persuader les bourgeois qu'un quartier de bœuf sanguinolent ou une femme à poil portant ses seins dans le dos sont dignes d'être accrochés au-dessus de leurs cabinets Louis XV hors de prix, il faut avoir un talent particulier que Paul Guillaume possédait au point de rassembler une des plus importantes collections d'art moderne au monde. À trente ans, il était non seulement riche, mais aussi connu et respecté dans le monde de l'art.

Tout allait pour le mieux quand Paul a jugé qu'il avait l'âge et la surface de se choisir une femme. Il se trouve qu'au même moment une jeune femme s'était également sentie mûre pour le mariage. Elle n'avait pour elle que sa beauté et sa virtuosité à se glisser dans le lit de ses admirateurs, hommes ou femmes. La légende dit que la foudre de l'amour les frappa tous les deux au cours d'une des fêtes somptueuses que donnait Paul Guillaume pour le Tout-Paris et qu'ils se marièrent si vite qu'on les crut contraints de régulariser une situation embarrassante pour une jeune provinciale tombée toute rôtie dans les rets d'un homme connu pour ses goûts et ses fréquentations déplorables. Comme souvent, la vérité est impitoyable pour la légende. C'est Juliette Lacaze qui, à Deauville, s'est offerte à Paul, et les risques d'enfantement étaient d'autant plus fantaisistes que Domenica – ma supposée future mère – avait pris le soin de se faire ligaturer les trompes avant de monter à Paris, histoire de s'éviter toute mauvaise surprise liée à la liberté sexuelle dont elle a amplement profité toute sa vie. Si Juliette détestait la simple idée de porter la vie, Paul rêvait positivement de la donner et il ne l'aurait probablement pas épousée s'il avait su qu'elle était incapable d'honorer sa part du contrat.

C'est ainsi que quatorze ans après les noces, je suis né de l'alchimie d'un chantage et d'un coussin : devant la volonté affichée de Guillaume de léguer la collection à l'État s'il décédait sans progéniture, ma mère a laissé mourir mon père et, en même temps, a confié ses espérances à un coussin anonyme qu'elle a trimballé sous sa robe pendant les neuf mois réglementaires et qu'elle a baptisé Jean-Pierre, puis, mystérieusement, Paulo. Je ne suis pas très sûr, à vrai dire, de tout ce que j'avance, mais ce que j'ai pu recueillir auprès du personnel et de Jean Walter va dans ce sens.

Bref, je suis loin de pouvoir me targuer d'une enfance misérable. Bien nourri, bien vêtu, régulièrement torché et lavé par une accorte *nanny* irlandaise, exhibé et livré au moins deux fois par semaine aux gouzi-gouzi d'une volière de femelles emplumées, et tant qu'il ne s'agissait que de sourire et de gazouiller aux perruches qui se penchaient sur mon berceau j'étais très loin du sort que me promettait ma naissance. Bien sûr, je ne voyais que rarement ma mère et quasiment jamais mon second père – j'ai mis un certain nombre d'années à comprendre qu'il y avait eu une sorte de fantôme paternel avant lui –, dont on m'assurait qu'il travaillait trop pour prendre le temps de s'occuper d'un moutard, mais qu'on m'incitait à chérir comme un homme très important, peut-être le plus important du monde.

Mais, à mesure que je grandissais, ma situation se dégradait. De charmant bambin promis aux plus grandes destinées, genre chef d'orchestre, ambassadeur, savant illustre, voire les trois en même temps, je m'acheminais avec détermination vers ma vraie vocation, celle de cancre indécrottable et heureux de l'être. Déçue au plus profond de ses illusions, ma mère a tout simplement cessé de me regarder, et pour être sûre que je ne ferais pas irruption dans une de ses réceptions, elle a pris l'habitude de me faire dormir dans la salle de bains en compagnie des tableaux de la collection qu'elle jugeait les moins intéressants. « Ne fais pas cette tête de martyr, je t'enferme avec des chefs-d'œuvre », disait-elle en refermant la porte.

Elle avait accumulé tant de tableaux chez nous que l'idée de musée m'était familière avant que je sache parler. Il y en avait sur tous les murs, dans toutes les pièces. Peu lui importait que je trouve ces chefs-d'œuvre souvent sinistres et inquiétants – c'est à Soutine que je dois mes plus beaux cauchemars. L'initiation aux beaux-arts ne faisait pas partie du programme d'éducation de ma mère, mais heureusement, Jean Walter, l'homme dont je rêvais qu'il soit mon père, a pris les choses en main. Nous étions dans le grand couloir de l'immense appartement devant un des tableaux qui me posaient le plus de problèmes : *La Femme au peigne*, de Picasso.

« Celle-là, elle est vraiment moche. Vous n'allez quand même pas me dire le contraire.

– C'est exactement ce que pense ta mère, m'a-t-il répondu avec un petit rire.

– Pourquoi elle le garde, alors ?

– Parce que c'est la collection de ton père et qu'il aimait beaucoup ce tableau. Il disait qu'il marquait le début de la période cubiste de Picasso.

– Picasso ? Celui qui peint des femmes avec un œil dans l'oreille ?

– C'est ça. Les peintres cubistes voulaient représenter des volumes sur une toile plate. Alors, ils les collaient dessus et ensuite, ils les aplatissaient.

– En vrai ?

– Pas tout à fait, mais presque, m'avait répondu Jean en riant.

– N'empêche que c'est moche… Voulez-vous que je vous montre celui que je préfère ? »

Et, sans attendre de réponse, j'avais entraîné Jean vers toute la série des Renoir et m'étais arrêté devant *Claude Renoir, jouant*.

« C'est celle-là… La petite fille.

– C'est un petit garçon… Il s'appelle Claude et c'est le fils du peintre… Auguste Renoir, un impressionniste… Des peintres qui cherchaient à restituer une impression plutôt que l'aspect stable des choses. »

Je trouvais que ça ne voulait pas dire grand-chose,

mais après un instant de réflexion, la lumière m'est apparue.

« J'ai compris, ai-je dit sur un ton triomphant. C'est un garçon, mais il voulait donner l'impression que c'était une fille. »

Jean avait éclaté de rire. On avait soudain entendu le bruit de la serrure de la porte d'entrée et Domenica avait fait irruption, chargée de paquets.

« Holà, quelqu'un ! J'ai besoin de bras. »

Je m'étais bien sûr précipité et, comme d'habitude, j'en avais trop fait. J'avais bien tenté de freiner, mais trop tard pour éviter la collision. Elle s'était rattrapée de justesse à la porte d'entrée et quelques paquets étaient tombés.

« Bon Dieu, tu seras toujours aussi manche, mon pauvre Paulo. C'est des bras que j'ai demandés, pas des abattis de poulet… Et d'abord, qu'est-ce que tu fais dans le couloir ?

– Il est avec moi. Nous étions en plein cours d'art moderne.

– On dirait que t'as du temps à perdre, avait-elle répliqué d'un ton méprisant. Ça lui servira autant qu'un soutif à une vache.

– Bien sûr que ça me servira, ai-je protesté, vexé et dressé sur mes ergots. Quand j'aurai hérité de papa… »

J'ai bien cru que j'allais prendre la seconde torgnole de ma vie, mais après un coup d'œil vers Jean, elle a grimacé un sourire atroce et, blême de fureur, elle a quitté la scène en perdant des paquets que nous nous sommes, bien sûr, grouillés de ramasser.

« Ben, qu'est-ce que j'ai dit ?

– Rien de grave, rassure-toi », a répondu Jean sans cesser de sourire.

Rien de grave… Il en avait de bonnes. J'ai mis une partie de ma vie à comprendre ce qui s'était passé – et à en mesurer la gravité.

*

Bizarrement, c'est le comportement de ma mère à mon égard qui a fini par nous rapprocher, Jean Walter et moi.

J'avais cinq ans, nous étions dans l'immense appartement du boulevard Suchet et, à bord de mon biplan de la guerre de 14, j'essayais d'échapper aux attaques combinées du majordome et de la gouvernante. Ils avaient reçu l'ordre formel de me donner un bain et j'employais toute ma ruse à rester sec le plus longtemps possible. Grâce à une manœuvre de contournement, j'ai échappé au majordome et me suis retrouvé face aux appartements de mes parents, zone interdite s'il en était.

« Non, monsieur Jean-Pierre ! Pas par là… », a crié le majordome que je venais de feinter d'une glissade sur l'aile.

J'ai déboulé à toute vibure dans le bureau de mon père qui, assis dans son fauteuil, écoutait la radio d'un air soucieux : *À l'aube de ce 1er septembre 1939, sans déclaration de guerre, l'Allemagne nazie vient d'envahir la Pologne. Plus d'un million et demi d'hommes accompagnés de plus de trois mille chars et appuyés par deux mille cinq cents bombardiers et chasseurs de la Luftwaffe se sont rués sur le…*

J'ai freiné à mort pour éviter de percuter le fauteuil et je suis resté comme une andouille, mon avion à la main et les tripes nouées par l'énormité de l'interdit que je venais de transgresser. L'appartement parental n'était accessible que sur autorisation formelle d'un de mes deux parents, et en aucun cas en sueur, essoufflé et brandissant un avion dont j'imitais le bruit du moteur avec la bouche. *Horresco referens*, j'ai aperçu dans la pièce voisine ma mère, livide, en train de se maquiller devant sa coiffeuse. Quant à ce que disait la radio, je n'y avais rien compris : c'était sans doute encore un de ces trucs que les enfants feraient mieux de ne pas entendre.

Mais alors que je m'attendais à être foudroyé sur place par la colère divine, mon père s'est levé, m'a pris gentiment par les épaules et m'a fait faire demi-tour en pouffant de rire :

« Autorisation d'atterrir refusée, lieutenant. Ordre de rallier immédiatement votre salle de bains. »

Hésitant entre m'évanouir et éclater de rire, j'ai choisi de me prendre les pieds dans le tapis et, emporté par l'énergie cinétique accumulée, je suis allé m'étaler sur ma mère, sa coiffeuse et son tube de rouge. Blême de rage, le visage barré d'une balafre rouge vif, elle avait l'air sauvage du chef indien dans *Pecos Bill.* Pour le coup, je n'ai pas pu me retenir et j'ai piqué ce qui restera sans doute le plus beau fou rire de ma vie, immédiatement sanctionné par la seule gifle que j'aie jamais reçue d'elle. Elle n'avait pas ôté ses bagues. J'ai senti le sang couler sur ma joue, mais j'ai surtout vu son regard. Il exprimait une telle haine que j'ai détalé sans demander mon reste et pendant qu'on m'évacuait du champ de bataille, j'ai entendu mon père :

« Je n'arrive toujours pas à comprendre ce que tu as contre ce gosse, mais ne t'avise plus jamais de le frapper, pas devant moi en tout cas. »

Le ton était sans réplique, elle n'a pas moufté, j'ai ravalé mes larmes et je suis sorti de la pièce sans une plainte.

*

Pourtant j'ai eu ensuite l'occasion de la défendre, cette famille, et même de faire le coup de poing pour elle.

C'était dans l'internat où mes parents m'avaient fourré avec l'espoir de me voir remonter la pente abrupte de ma scolarité. J'avais environ douze ans et j'étais un ado triste, un peu mou, du genre qui n'a pas besoin de savoir où il a mal pour traîner une douleur diffuse et lancinante. Un jour, en sortant de classe, un de mes harceleurs favoris me crie :

« Hé, Guillaume ! Il paraît que ta mère est une pute qui couchait avec les Allemands. »

La guerre venait de finir et il se trouvait que le nom de Domenica avait alimenté des rumeurs sur ce qu'elle aurait fait pour sortir Walter des cachots de la Gestapo. Ces rumeurs, j'étais bien placé pour le savoir, contenaient un fond de vérité.

Jean avait été arrêté et ma mère ne tenait plus en place. Elle tournait comme une folle dans l'appartement, restait des heures pendue au téléphone et oubliait presque de se montrer odieuse avec moi. Un beau matin, elle m'a mis sur mon trente et un et, vêtue avec une étonnante sobriété, elle m'a fourré dans l'Hispano. Nous avons traversé Paris occupé et quasi désert jusqu'à un gros bâtiment où flottait l'oriflamme nazie. Derrière son bureau, un soldat a vérifié les documents que Domenica lui présentait, nous a fait monter un grand escalier et nous a introduits auprès du général von Stülpnagel. C'était un grand type sec et froid qui nous a regardés entrer, debout derrière son immense bureau, sous une panoplie d'étendards et d'enseignes nazis. Je ne me souviens pas de ce qu'ils se sont dit, mais ce que je n'ai pas oublié, c'est le ton qu'elle a employé pour le dire. Elle a fini par relever sa voilette comme on se jette à l'eau et m'a demandé d'aller l'attendre dehors.

Là, j'ai attendu. En face de moi, une gigantesque toile

représentant une cérémonie d'hommage au Führer, que j'ai reconnu à sa moustache ridicule. Pour passer le temps, je l'ai examinée dans ses moindres détails. Au bout d'un petit moment, un genre de maître d'hôtel est apparu. Il a réussi à frapper à la porte sans renverser la bouteille de champagne plantée dans son seau à glace et les deux coupes de cristal qui allaient avec, mais c'était tout juste. Ensuite, il ne s'est rien passé jusqu'à ce que ma mère vienne me réveiller.

Comme souvent avec elle, j'ai été incapable de saisir le sens profond de la scène qu'elle m'avait fait vivre, mais j'en ai gardé le sentiment diffus d'avoir été témoin d'un mystère lourd et poisseux, d'une célébration païenne qui perturbait profondément le petit garçon que j'étais et lui faisait entrevoir les abîmes des non-dits et des secrets des adultes. Il faut dire que l'image du sexe associée à celle de ma mère me hantait depuis que je l'avais surprise nue à Zellidja juste après que j'avais quasiment percuté un jeune homme qui sortait manifestement de chez elle.

Jean a été libéré, avec ou sans l'aide de Domenica, des pattes de la Gestapo, mais il a été repris à la Libération par les FFI et, soupçonné de collaboration, enfermé à la Santé. Leclerc et sa DB venaient d'entrer dans Paris et l'un de ses officiers, Jacques Pellissier-Tanon, s'est arrangé pour dissiper le malentendu. La légende familiale raconte que Tanon, juché sur un char d'assaut, a menacé de faire sauter la porte de la prison si Walter n'était pas libéré sur-le-champ. Ma version est légèrement différente : c'est enveloppée dans une robe du soir somptueuse, couverte de bijoux et ultra-maquillée que Domenica s'est installée dans la jeep que Tanon avait garée en bas de chez nous et qu'elle l'a accompagné à la Santé pour exiger la libération de son homme. Quoi qu'il se soit passé entre elle et le général von Stülpnagel, sa sortie en pasionaria sur une jeep encore fumante des combats était, du haut de mes dix ans, une image qui valait bien celle du chevalier Bayard et de son panache blanc.

Autant dire qu'entendre traiter ma mère de pute à boches m'avait retourné les sangs, je me suis précipité sur le gars et, d'un coup de poing maladroit mais efficace, je l'ai fait trébucher, tomber dans l'escalier, rouler plusieurs fois sur lui-même et il est resté inanimé sur le palier.

Manque de pot, c'était le fils d'un important contributeur de l'école et nous nous sommes retrouvés, Walter et moi, dans le bureau du chef d'établissement.

« Un bras cassé, une blessure à la tête, une entorse à la cheville, sans parler de multiples contusions. Dans ces conditions, vous comprendrez que…

– Qu'est-ce qu'il t'avait fait ? le coupa Jean.

– Il a traité ma mère de putain.

– C'est vrai ? a-t-il demandé en se tournant vers le chef d'établissement.

– Peut-être, mais je ne peux passer sur la violence…

– Dites-lui de ma part qu'il s'en sort plutôt bien. » Il

s'est levé et m'a pris par la main. « Allez, viens. On va te trouver une école où l'on ne punit pas le sens de l'honneur. »

Dans la voiture, une Buick Roadmaster flambant neuve dans laquelle je n'étais encore jamais monté, je me sentais si triste que j'ai éclaté en sanglots.

« Tu ne vas quand même pas pleurer parce qu'une école ne veut plus de toi ? C'est pourtant pas la première fois. »

Bien sûr, je me foutais de cette école comme de mes premières chaussettes, mais j'avais l'impression de sombrer dans un océan de solitude.

« Tu es triste à cause de ce que ce petit con a dit sur ta mère ? Il ne faut pas... Tu as magnifiquement réagi. »

Je suis resté un moment silencieux en ruminant une vieille idée. Une idée que je trouvais formidable, mais que j'avais la trouille d'exprimer.

« Puisque tu es le mari de ma mère, t'as qu'à dire que je m'appelle aussi Walter et que je suis ton fils.

– Ça te plairait tant que ça que je sois ton père ?

– Tu parles que ça me plairait !

– Alors, marché conclu, fiston. »

J'aurais voulu dire quelque chose, le remercier, mais rien ne sortait. Je me suis contenté d'illuminer la Buick de mon sourire.

Ma mère n'a fait aucun commentaire en apprenant cette nouvelle disposition, mais elle savait parfaitement exprimer sa colère autrement.

Et puis Lacour est apparu dans le tableau et mon père a fait un infarctus en essayant de le lourder. Domenica devenait de plus en plus odieuse. Sa radinerie atteignait des sommets et ses douleurs, réelles, sans conteste, lui servaient de prétexte pour rendre la vie impossible à tout le monde, sauf, bien sûr au Fakir, qui la calmait à grand renfort de piquouzes. Jean et lui étaient à couteaux tirés, mais il avait quand même accepté que Lacour s'installe à la maison. Il est vrai que son infarctus avait tant affaibli mon père qu'il avait cessé le combat et le médicastre foireux avait étendu son empire et son contrôle sur toute la maison. En fait, j'ai fini par comprendre que le docteur Lacour, un rhumatologue grassouillet au regard oblique et aux manières reptiliennes, avait réussi à profiter du goût bien connu de Domenica pour le triolisme pour s'imposer comme amant en titre auprès de Jean Walter. Sauf que là, le niveau baissait sacrément et tout le monde se demandait comment un minable dans son genre avait pu devenir l'amant d'une croqueuse d'hommes du calibre de ma mère. La réponse est vite apparue. Sous prétexte de soigner ses douleurs par une mystérieuse thérapie orientale, il la shootait avec une solution diluée d'héroïne, ce qui rendait Walter dingue de fureur, mais le mal était fait et le Fakir avait définitivement pris le pouvoir. Je ne suis d'ailleurs pas le seul à le soupçonner d'avoir eu la peau de son rival en le laissant mourir blessé au crâne à l'arrière de sa voiture sur la route de l'hôpital parce qu'il avait refusé d'appeler une ambulance et qu'il connaissait un prétendu raccourci. Ma mère était évidemment de l'équipée. Il y a eu des rumeurs, bien sûr, mais pas plus que la fois où elle avait laissé crever mon premier père d'une méchante péritonite plutôt que d'appeler l'hôpital. Deux fois mariée, deux fois veuve. De quoi refroidir sérieusement tout nouveau postulant au titre de prince consort.

Le règne du Fakir avait failli finir le jour où mon père avait découvert la nature exacte du traitement miraculeux du bon docteur Lacour. Je n'ai pas pu assister à la scène, mais j'en ai entendu le fracas, et ça n'était pas triste. L'ennui, c'est qu'en sortant dans le jardin pour se calmer, Jean Walter a fait un infarctus. Il n'en est pas mort, mais il est resté si affaibli que le Fakir en a profité pour installer son tapis à clous à Dordives.

Une fois de plus, j'ai mis du temps à comprendre ce qui était évident pour tout le monde. Un jour, j'avais à peine seize ans, en rentrant de la pension pour le week-end, j'ai trouvé la maison vide. Mon père devait être à Paris et ma mère sans doute dans ses appartements. J'étais au milieu de l'escalier qui monte à ma chambre quand le Fakir est apparu. Il était en bras de chemise et, manifestement, il semblait plutôt contrarié de me voir.

« Où est ma mère ? j'ai demandé sur le ton le plus malgracieux possible.

– Je suis en train de la soigner… J'en ai pour une bonne demi-heure… Si vous n'y voyez pas d'objection, bien entendu », a-t-il ajouté avec l'air de se foutre de ma gueule.

In cauda venenum, comme disait mon père chaque fois qu'il découvrait une vacherie à la fin d'un article laudateur. Et c'est vrai que je n'aurais sans doute pas fait tout un tas d'acrobaties pour aller mater dans la chambre de ma mère s'il ne m'avait pas énervé.

Je l'ai trouvé parfaitement ridicule avec sa chemise retroussée sur son petit bidon, ses mouvements frénétiques et les trucs idiots qu'il haletait en cadence. Ma mère était sur le dos, jambes écartées, yeux révulsés, mais toujours aussi belle. Je me suis vite éloigné de la fenêtre, bouleversé jusqu'à la moelle.

Frémissant de rage et de honte, j'ai attendu que Lacour sorte de la chambre de ma mère pour m'y précipiter et y entrer sans frapper. Elle reposait sur son lit, à demi nue, dans un abandon assez rare chez elle, manifestement légèrement abrutie par le traitement que Lacour venait de lui administrer.

« Déjà rentré, a-t-elle dit en souriant. C'était bien, ta semaine ?

– Où est papa ?

– À Paris, j'imagine. Il nous rejoindra pour le dîner.

– Il sait que le Fakir est là ? »

Si j'avais cru la troubler, lui montrer que je les avais démasqués, elle et Lacour, j'en ai été pour mes frais. Elle m'a cloué au mur d'un regard furax.

« Je t'interdis d'appeler Maurice comme ça.

– Comment voulez-vous que je l'appelle ? Tonton ? Parrain ? Momo ? Ouais, tiens, Momo le Fakir.

– Tu devrais éviter de te moquer d'un homme qui en sait plus que tu n'en sauras jamais. Pour qui tu te prends ?

– Pour l'héritier de Paul Guillaume. »

Je ne sais pas trop pourquoi j'avais ajouté ça. Probablement parce que je me doutais que ça la foutrait en rogne. Ça n'a pas loupé. Elle a bien manqué de s'étrangler de fureur.

« L'héritier ?... Dans tes rêves, mon pauvre Paulo ! Tu t'imagines que je vais laisser la collection à un raté qui redouble une classe sur deux ?

– Inutile de me la laisser, je finirai bien par l'attraper tout seul. »

Elle a jailli du lit, blême.

« Eh bien, n'y compte pas trop, mon petit bonhomme. Tu sais où tu finiras ? À la Légion étrangère... En Indochine, éventré par un Niakoué, ou en Afrique, égorgé par un fellagha. »

L'attaque m'avait fait reculer et aurait dû me laisser sans voix si la colère n'était pas venue me donner un coup de main.

« J'adore vous entendre me parler comme ça, maman. Je m'en veux moins de vous détester.

– Maman ? Tu me vois vraiment enceinte de toi ? Je t'ai acheté à la casse, mon petit, mets-toi bien ça dans le crâne, et tu es loin d'être le meilleur investissement de ma vie. »

L'adrénaline qui me soutenait vaille que vaille a disparu brutalement. Il me restait juste assez d'énergie pour ne pas lui faire le plaisir de fondre en larmes. Je cherchais quelque chose à lui jeter à la tête quand Lacour est entré dans la pièce.

« Vous devriez laisser votre mère tranquille, mon garçon. Vous sabotez mon travail. Sans rentrer dans les détails du magnétisme... »

C'est là que j'aurais eu besoin d'une réplique cinglante, mais toutes celles qui me venaient étaient si vulgaires que ma parfaite éducation m'interdisait de les exprimer devant eux.

*

L'avant-dernière fois que j'ai vu Jean, c'était à Antibes et nous effectuions un petit tour de rade, histoire de faire un peu naviguer l'*Amadour*, le splendide ketch de dix-sept mètres qu'il avait acheté sur un véritable coup de foudre. La brise était légère, mais établie, et le ketch filait au grand largue comme la magnifique machine à glisser sur l'eau qu'il était. Je venais d'annoncer à Jean mon engagement dans les paras.

« Tu es sûr de ton choix ? m'a-t-il demandé après un long silence.

– Je n'en ai pas d'autre. Je ne serai jamais ce qu'espère ma mère. Quant à te ressembler... »

Il a commencé à me parler de ma mère sur le ton

compassé qu'il avait adopté depuis son infarctus, mais je l'ai tout de suite arrêté.

« Te fatigue pas, va. Je ne suis qu'un enfant d'occase, un truc qu'elle a acheté aux puces. »

Il n'a pas protesté, il a juste eu l'air encore plus triste. Si triste que je n'ai pas eu le cœur de lui rappeler qu'il avait accepté de faire de moi son fils adoptif.

Domenica nous a accueillis et m'a cherché des poux pour je ne sais plus quelle raison avant de s'en prendre à Jean :

« J'espère au moins que tu es arrivé à lui sortir de la tête cette connerie d'engagement chez les parachutistes.

– Que vous m'avez pourtant suggérée, maman. »

Elle a fait des yeux comme des soucoupes et Jean, surpris, en a arrêté de lover ses écoutes.

« Tu te fiches de moi, je suppose ?

– Souvenez-vous : "Tu finiras éventré par un Niakoué ou égorgé pas un fellagha." Contrairement à ce que vous croyez, je vous écoute, *maman.* »

*

Le pauvre est mort sans pouvoir tenir sa promesse de m'adopter, et moi j'ai dû apprendre à la dure qu'il n'est pas utile d'avoir des ennemis quand on a déjà une famille.

Ainsi ma mère n'était pas ma mère et mon père n'était pas non plus mon père, et en tenant pour certain le fait que Paul Guillaume était mort en ignorant tout du coussin et de ses conséquences, je pouvais légitimement me demander d'où j'arrivais. Il me faut bien reconnaître que ça ne me préoccupait pas outre mesure. Domenica pouvait bien raconter ce qu'elle voulait sous le coup de la colère, elle était ma mère, et comme je n'en avais pas d'autre, il faudrait bien qu'elle s'y fasse. D'autant plus qu'elle était si belle, si élégante, si adulée que, pour un petit garçon, c'était la mère la plus facile du monde à aimer, même si c'était loin d'être la plus aimable.

Elle n'était pas vraiment tendre non plus, et il me fallait tout un luxe de ruses et d'imagination pour obtenir un câlin, toujours bref, mais riche de parfum entêtant, d'étoffe soyeuse et de peau si douce que j'aurais voulu la caresser, la boire et la respirer en même temps. Je ne sais plus exactement l'âge que j'avais quand mes sentiments pour elle se sont notablement érotisés, mais je me souviens nettement de la scène. C'était à Zellidja, où je n'allais pas souvent parce qu'elle, allez savoir pourquoi, trouvait que ce n'était pas un endroit pour les enfants. J'étais, bien sûr, d'une opinion radicalement contraire et j'adorais ce petit bout d'Afrique où mon père était roi et Domenica objet de scandale. Elle en était tout à fait consciente. Elle se comportait avec les cadres de la mine et leurs épouses comme la reine de Saba, la femme secrète du roi Salomon, qui par ailleurs en avait un bon millier en comptant les concubines. Elle leur rendait visite en grande pompe, vêtue d'une des robes somptueuses qu'elle avait fait voyager dans ses innombrables malles qui la suivaient jusqu'au bled à dos de chameau et de mulet, accompagnées d'une horde de gosses et de chiens. Et comme si ça ne suffisait pas à faire rêver ceux qu'elle voyait sans doute comme ses loyaux sujets, elle s'aérait le bas du corps en soulevant bien haut ses jupons sur les trésors de dentelle de sa lingerie. Je ne sais pas si ces manœuvres la rafraîchissaient, mais elles avaient manifestement l'effet inverse sur les spectateurs. Les hommes viraient au pourpre et tiraillaient la cravate qu'ils avaient eu l'imprudence de mettre malgré la chaleur, les femmes rougissaient aussi, mais de fureur, et moi, je rigolais sous cape, éperdu d'admiration pour cette femme digne du roi Walter-Salomon.

*

En rentrant d'une balade à cheval avec Jean et après une chute qui m'avait considérablement plus vexé que blessé, je me suis glissé discrètement chez nous, prêt à me ramasser un florilège de bons mots et de quolibets sur ces petits messieurs qui friment au manège mais qui s'étalent comme des bouses dès qu'on les met en présence d'une motte de terre. C'est à peine si j'ai pu éviter Idriss, qui sortait de chez nous. Qui planait, plutôt. Il avait l'air si béat que je l'ai bêtement soupçonné d'avoir fait main basse sur les bijoux de Domenica ou, pire encore, sur ma collection d'illustrés.

La chambre de mes parents était vide. J'ai crié pour m'annoncer : « Maman, maman, un gros serpent a fait peur à mon cheval et je suis tombé. Papa a insisté pour que je reste, mais j'ai préféré… »

J'ai préféré quoi, au juste ? M'enfoncer une fois de plus dans un bobard échevelé qui allait une fois de plus donner à ma mère le plaisir de me traiter comme un chien ? Au lieu de ça, je l'ai regardée, nue comme je ne l'avais jamais vue, sortir de la douche. Le regard perdu entre ses seins et cette touffe de rosée qu'elle s'appliquait à sécher à petits coups de serviette, je ne savais où poser les yeux.

« La prochaine fois, c'est un bourricot qu'on te donnera », a-t-elle coupé sans me laisser le temps de laisser cours à mon imagination qui, depuis, s'est amplement rattrapée, au point que je ne peux plus évoquer la nudité de ma mère sans qu'Idriss s'arrange pour surgir dans le tableau. De passif au début, il est rapidement devenu l'acteur indispensable de mes rêveries moites où, à mesure que j'en apprenais plus sur la sexualité des mammifères, je lui laissais le soin de me faire un dessin.

Mais jamais, au grand jamais, je n'ai osé remplacer mon père ou Idriss auprès de ma mère. Même après que j'en ai su assez sur mes origines pour ne plus l'appeler maman, elle restait ma mère, ce qui, je suppose, m'a privé d'un véritable complexe d'Œdipe. Heureusement, car dans le cas contraire, je l'aurais sans doute massacrée avant de me livrer à la justice.

Quelques années plus tard, je suis retourné la voir. Je ne sais plus si j'avais besoin d'amour ou d'argent, probablement des deux. Je ne l'avais plus vue depuis mon départ pour l'Algérie et je suis bien incapable de dire quels étaient mes sentiments pour elle à cette époque-là, mais, bien que libéré de frais et pas encore démobilisé, j'avais mis mon uniforme de lieutenant parachutiste décoré de toutes les breloques que j'avais ramassées à la guerre. Je n'espérais pas l'impressionner, peut-être lui instiller un brin de fierté pour ce fils qu'elle avait acheté dans un accès de panique et qu'elle s'était aussitôt empressée de détester. Après tout, contrairement à ses prédictions, je n'avais pas été égorgé par les fellaghas et j'avais porté avec courage et dignité le nom de ses maris – j'étais persuadé que Jean avait fini par tenir sa promesse. Ce n'est que plus tard que j'ai appris les conditions de la mort de Jean Walter et, par la même occasion, de celle de Paul Guillaume. « Que dire d'une femme qui voit mourir ses deux maris, les deux fois en compagnie d'un amant ? » jabotaient déjà des voix dans ce Tout-Paris dont j'avais été si longtemps éloigné.

Le maître d'hôtel m'a introduit dans la bibliothèque et, comme *Madame n'est pas tout à fait prête*, je me suis mis distraitement à examiner les livres.

« N'hésite pas à en prendre quelques-uns, si tu veux. »

Sa voix était un peu vieillie, mais sa silhouette avait plutôt bien tenu le coup. De loin, elle était toujours belle, de près, alors qu'elle traversait la pièce et s'approchait de moi, je constatais qu'elle l'était encore, mais en trompe-l'œil. Le blush, le khôl, la poudre et le surmeh étaient en train de perdre la guerre. Elle ressemblerait bientôt à ce qu'elle avait toujours été au fond d'elle-même : un débris.

Comme je semblais hésiter, elle a ajouté : « Ne t'en fais pas. J'ai déjà mis de côté ceux qui ont de la valeur. Je les emporte avec moi.

– Tu déménages ?

– Oui. Je quitte cet endroit. Trop grand, trop de fantômes, trop d'ondes négatives.

– Ah ! Les ondes négatives... Je croyais que le Fakir les avait toutes fourrées sous son turban. Fais attention, elles se dissimulent peut-être dans ces objets de valeur que tu emportes avec toi comme des fétiches.

– Qu'est-ce que tu veux dire ? Que je te les ai volés ? »

Je croyais pourtant être venu en paix, mais Domenica ne supportait pas la paix. Elle la prenait toujours pour une reddition.

« Non, bien sûr. Je veux juste dire qu'il viendra un moment où tu ne pourras plus vivre toute seule dans des halls de gare assez grands pour entasser tes trésors.

– En quoi ça te regarde ? Tu veux prendre la place de Jean ? C'est vrai que sur la fin, il commençait à se délabrer sérieusement, heureusement que Maurice ne m'a jamais lâchée.

– Pardi. Un faisan ne lâche pas une poule aux œufs d'or. C'est bien ce qui me fait peur. Il te drogue et tu crois qu'il te soigne. Tu sais ce qui va se passer quand un vrai médecin t'obligera à arrêter l'opium ? »

Son regard a basculé vers je ne sais où. J'étais sur le point d'appeler quelqu'un quand elle a ouvert des yeux embués de fiel.

« Pourquoi tu ne me dis pas ce que tu es venu faire, au lieu d'essayer de me faire croire que tu es un bon fils ? De me persuader que tu pensais à moi pendant que tu tuais des bougnoules et violais leurs femmes ? Des guerres, j'en ai connu, mon petit, bien plus que toi. Elles ne rendent personne meilleur. C'est du fric que tu veux ? Celui que tu crois que Walter t'a légué ? Mais tu peux te brosser, mon bonhomme, il ne t'a jamais adopté. L'héritage Walter, n'y pense même pas. Contente-toi de ce que tu m'extorques chaque mois sur l'héritage de Paul. »

Elle était horrible à voir. Si horrible que je me suis dit qu'aucun tribunal ne condamnerait celui qui effacerait cette trogne vultueuse de harpie de la surface du globe. Je me suis contenté de lui rire au nez.

« Que je t'extorque !? Mais j'adorerais te l'extorquer, ma chère maman, si ce n'était toi qui avais eu l'idée baroque de te fabriquer un héritier. C'était ballot, maman. Très ballot, mais, il faut bien l'avouer, très rigolo. »

En sortant, j'ai croisé le Fakir armé de sa mallette. Vu sa tronche, il avait dû tout entendre. Je ne sais plus trop ce que je lui ai dit comme vacherie, mais je n'ai pas tardé à comprendre qu'il aurait été plus prudent de s'abstenir.

*

J'ai repris l'avion pour Alger, où je suis resté deux semaines, pour finir mon temps, rendre mon uniforme, mon paquetage et m'offrir une dernière cuite avec ceux qui restaient. Une cuite triste. Je n'avais réussi qu'à aggraver les choses entre ma mère et moi, j'étais toujours aussi fauché, et en plus, à la rue, vu que je n'avais même pas été assez malin pour me faire loger par elle. Avant de monter à bord, j'ai téléphoné à un copain parisien qui a bien voulu me prêter une piaule rue Saint-Denis.

Il m'attendait dans un bistrot de Belleville. Il s'est levé et on s'est étreints en se filant de grandes claques dans le dos comme au cinéma. On a bu quelques bières sans se dire grand-chose et il a poussé un trousseau de clés devant moi.

Quand je suis sorti, il flottait. Les gens couraient dans tous les sens et la ville sentait le goudron mouillé.

La porte de l'appartement était couverte d'un tas de serrures toutes plus sophistiquées les unes que les autres. Lorsque la dernière a cédé, quelqu'un m'a appuyé le canon d'un flingue contre la nuque.

« Contente-toi d'ouvrir la porte et de la fermer. »

J'ai obéi sans chercher à savoir ce que je devais fermer.

L'appartement était sombre et puait le moisi à plein nez. Ce n'était vraiment pas le genre d'endroit que j'aurais choisi, même pour mourir.

J'ai entendu le clic d'un interrupteur et un flot de lumière jaunasse a envahi la pièce.

« Tu peux te retourner, lieutenant. »

J'avais reconnu sa voix avant de voir sa tronche de baroudeur : Rayon, commandant des parachutistes avec qui j'avais fait une partie de mes classes aux EOR.

« Mon commandant ? Merde alors... Qu'est-ce que vous voulez avec ce flingue à la main ?

– Te tuer.

– Me tuer ? ai-je bredouillé. Mais pourquoi ?

– Bonne question, lieutenant. D'ailleurs, je viens de changer d'avis. »

Il a souri, a fourré le pistolet dans la poche de sa canadienne, d'où il a sorti une bouteille de scotch.

« Si tu voyais ta tête, mon pauvre Paulo. Tiens, trouve-nous deux verres dans ce taudis pour qu'on arrose nos retrouvailles. »

Pendant que je dégotais deux verres gris de poussière et que je les rinçais avec une eau rouillée, il m'a raconté comment il s'était renseigné sur mes horaires d'avion et m'avait suivi jusque-là. Deux verres bien tassés plus tard, il m'a demandé d'un ton léger si je connaissais un certain Hubert Lajaunie.

« Inconnu au bataillon, ai-je répondu après un temps raisonnable de réflexion.

– Lajaunie m'a proposé vingt briques pour te descendre. Qu'est-ce que tu en penses ? Ça vaut le coup ou non ?

– Écoutez, mon commandant… J'ai pas d'argent pour l'instant, mais on peut sûrement… »

Il a éclaté de rire.

« Trop tard, mon vieux Guillaume, t'es déjà à moitié mort. Regarde… »

Et il a vidé le sac d'où il avait sorti la bouteille. Un flot impressionnant de liasses s'en est échappé. On aurait dit un film de gangsters.

« Le solde quand tu le seras tout à fait. C'est pas beau, ça ? »

Je n'ai pas répondu. Je me sentais si mal que j'ai failli vomir sur le tas de fric.

« Mais qu'est-ce qui t'arrive, lieutenant ? T'es tout pâle. Tu croyais quand même pas que j'allais… »

*

On a passé la soirée à manger, à boire et à faire boire des filles que l'on ne connaissait pas, avant d'en ramener deux à l'hôtel de Rayon, mon appartement étant décidément trop penailleux pour deux fêtards bourrés aux as comme nous l'étions. Étrange soirée où la rage et la douleur d'avoir été ainsi placé sous contrat se mêlaient au bonheur acide d'y avoir miraculeusement échappé.

Le plan du lendemain était simple. J'entrais dans le

bar où Rayon avait fixé rendez-vous au commanditaire, le même que pour le précédent, et je m'installais à une table. Je m'étais collé une épaisse moustache, une perruque de rockeur anglais et une paire de lunettes noires qui cachaient le peu que les postiches laissaient visible. Je ne ressemblais à rien, sauf à un type qui souhaite n'être reconnu de personne. Rayon est arrivé une demi-heure plus tard. Il s'est installé à la table voisine de la mienne, a posé une grosse enveloppe matelassée devant lui et a commandé un scotch qu'il a siroté relax, renversé sur sa chaise, comme s'il envisageait de s'offrir le bar et ses clients.

Et puis Lacour est entré. Le plus drôle, c'est que c'était à Lacour que j'avais immédiatement pensé en sentant le canon d'une arme sur ma nuque. J'avais eu une sale impression en le croisant la fois où j'étais allé voir Domenica rue du Cirque. Comme si j'avais déjà senti ma mort dans son regard. Sans doute espérais-je contre toute raison que c'était un malentendu, que ma mère était bien une foutue garce, mais pas au point de commanditer mon exécution comme dans une banale série B à deux balles.

Lacour n'avait pas l'air à l'aise. Il évitait tous les regards et avait relevé le col de son pardingue comme pour cacher un lupus. Il s'est assis en face de Rayon.

« Alors ?

– C'est fait », a répondu sobrement Rayon.

Lacour en attendait manifestement plus. Il en était pour ses frais. Rayon, impassible, la jouait Actors Studio.

« Mes clients vont demander des preuves. »

Rayon a désigné l'enveloppe du menton. Lacour l'a attirée à lui d'une main hésitante. Il l'a ouverte à l'abri de la table, en a sorti d'abord un portefeuille qui s'est ouvert sur ma carte d'identité militaire avec ma photo, puis en a extrait le second objet qu'elle contenait, mon 7.65 long rifle. Maladroit, il a manqué de laisser tomber le pistolet. Il a hoché gravement la tête.

« D'accord. Et le corps ? »

Rayon a fait voleter sa main pour signifier la volatilisation.

« Je vois, a bredouillé Lacour. Je suppose que c'est mieux comme ça. »

Ses yeux imploraient une réponse de Rayon, un geste d'humanité qui viendrait partager ses remords à défaut de les apaiser. Mais rien. Le tueur, impavide, s'est emparé de la mallette et a quitté le bar sans un mot. Lacour a regardé autour de lui comme pour chercher un soutien. Il avait l'air désemparé. Il a fini par tourner les yeux vers moi, mais il était évident qu'il n'attendait rien d'un beatnik crasseux. Il m'a lancé un regard noir et s'en est allé, poursuivi par le garçon qui entendait bien lui faire payer la consommation que Rayon avait négligé de régler.

*

« Alors ? » a dit Rayon en posant la mallette de Lacour sur la table.

J'ai eu un peu de mal à émerger du marasme dans lequel m'avait plongé le spectacle de Lacour soldant les comptes de mon assassinat.

« C'est Maurice Lacour. Le type qui vit avec ma mère. Une authentique crapule. Je le crois responsable de la mort de l'homme que je considère comme mon père.

– Et s'il avait agi de son propre chef ? Sans en parler à ta mère…

– Non, c'est vous, mon commandant, qui n'avez pas tout compris. »

Il est resté un moment la bouche ouverte, comme s'il attendait qu'un commentaire se décoince de lui-même.

« Je sais que c'est dur, a-t-il finalement déclaré. Mais dis-toi qu'elle aurait pu tomber sur un tueur honnête.

– Je peux savoir qui vous a mis en rapport ?

– Une vague association de paras en retraite. D'après eux, ce jeune homme, toi en l'occurrence, avait commis au sein de son régiment de graves malversations. Tu étais censé appartenir à une famille très liée aux intérêts de la France, il fallait protéger ce nom. Une mission de salubrité publique, en quelque sorte. »

Et comme ce pauvre Lacour avait décidément été bercé trop près du mur, il est allé choisir un para pour exécuter un autre para. En ce qui me concerne, c'était ce qui s'appelait avoir du pot. C'était surtout une manière efficace de connaître toute l'étendue de l'amour d'une mère.

« Qu'est-ce qu'on fait ? a dit Rayon.

– Tu crois que si on les balance, ils vont nous demander la restitution du pognon ?

– Ça, ça m'étonnerait.

– Alors on les balance. »

*

Le lendemain matin, on s'est retrouvés tous les deux assis dans le bureau haussmannien de Georges Ourvari, un ténor du barreau que Rayon connaissait de réputation. Dès que nous lui avions résumé mon affaire au téléphone, il avait accepté de nous recevoir sans barguigner, mais en nous demandant, pour gagner du temps, de rédiger une déposition préliminaire. C'était, bien sûr, Rayon qui s'y était collé. Ourvari s'en est emparé et y a jeté un coup d'œil rapide avant de la relire à haute voix avec délectation.

Un homme se présentant comme maître Hubert Lajaunie, avoué à Paris, s'est mis en rapport avec moi, Camille Rayon, commandant de réserve dans les parachutistes, pour me proposer d'intervenir dans ce qu'il appelait « un dossier familial très sensible ». D'après Lajaunie, ce jeune homme avait commis de graves malversations au sein de son régiment. Le scandale menaçait de salir sa famille, une famille très en vue, étroitement liée aux intérêts de la Nation, et par conséquent de rejaillir sur l'honneur de la France. Renseignements pris, maître Lajaunie s'est avéré être un certain Maurice Lacour, médecin homéopathe, proche de la mère de ce jeune homme.

« Et la mission dont il voulait vous charger était de…

– D'assassiner Jean-Pierre Guillaume ici présent en échange de vingt millions de francs. J'ai accepté et il m'a immédiatement remis la moitié de la somme.

– Autrement dit, vous vous êtes fait remettre une grosse somme d'argent en échange d'une promesse d'assassinat ?

– Imaginez-vous à ma place, maître. Qu'auriez-vous fait si on vous avait proposé de tuer un être cher ? Ce jeune homme était sous mes ordres dans la 10e DP, Lacour ne pouvait pas le savoir. Et il aurait sans doute engagé quelqu'un d'autre si j'avais refusé.

– Sans aucun doute, a ronronné Ourvari. Et je suppose que vous avez réfléchi au devenir de ces… vingt millions de francs ? » Il s'est tourné vers moi. « Vous avez votre mot à dire, en tant que victime, monsieur Guillaume. Je pourrais presque dire : en tant que cadavre, puisque sans l'étrange mélange d'honnêteté et de fourberie du commandant Rayon, vous seriez… »

Du pouce de la main droite, il a fait le geste d'un tranchement de carotide.

« C'est exactement ça, a ponctué Rayon, un orphelin assassiné par ses parents pour des questions d'héritage.

– Et prêt à ressusciter, selon toute apparence, a souri l'avocat.

– À renaître, maître, ai-je dit, si vous le voulez bien. Je voudrais tout effacer, tout reprendre de zéro, faire table rase d'une jeunesse dégueulasse…

– C'est relatif, mon cher monsieur. Vous ne savez pas ce qu'elle aurait été, cette jeunesse, si Mme Guillaume n'était pas allée vous chercher pour faire de vous un héritier. »

Je pouvais difficilement nier la pertinence de cette remarque. Ourvari me regardait comme le chat du Cheshire regarde Alice. Je me suis demandé s'il attendait que je lui propose de partager. Heureusement, Rayon s'est rué à mon secours.

« Vous venez de mettre le doigt sur le nœud du problème, maître. C'est bien pour le priver du double héritage obtenu légalement par son adoption que sa famille a tenté de le tuer.

– Double héritage ?

– Celui de Paul Guillaume d'abord, mais aussi celui de Jean Walter, qui l'a adopté en bonne et due forme.

– Jean Walter vous a vraiment adopté ? m'a demandé Ourvari, un soupçon dans la voix. Vous avez des papiers qui le prouvent ? »

J'ai balbutié quelque chose de parfaitement incompréhensible vu que je savais maintenant la confiance qu'on pouvait avoir dans les promesses de Walter. C'est encore une fois Rayon qui est venu à la rescousse : « Ce point sera tranché par le juge d'instruction. En attendant, je vous propose de laisser les choses en l'état.

– Et les vingt millions entre vos mains, si je vais jusqu'au bout de votre pensée.

– Déduction faite du montant de vos honoraires, cher maître », ai-je ajouté sur un ton d'hypocrisie qui m'a étonné moi-même.

*

Il nous a fallu attendre encore une ou deux semaines avant que l'affaire soit confiée à un juge d'instruction.

« Nous avons de la chance, s'est réjoui Ourvari, Batigne est un jeune juge qui en veut. Notre affaire ne va pas traîner. »

C'est vrai qu'elle a démarré sur les chapeaux de roues. Décidé à couper court aux protestations d'innocence de Lacour et de ma mère, Batigne nous a installés, Rayon et moi, dans un bureau voisin du sien en prenant soin de laisser la porte entrouverte. Il a fait ensuite entrer Lacour et ma mère. Lui, ridicule d'arrogance et de mauvais goût. Elle, sublime de fureur contenue et d'atours somptueux. Ils ont nié évidemment toute participation *au complot grotesque inventé de toutes pièces par un garçon rentré à demi fou d'Algérie, tombé sous l'influence d'un soldat perdu*... Ils avaient manifestement répété, mais je sentais Domenica frémir d'une exaspération manifestement dirigée contre le

Fakir. Cette convocation dont la presse faisait déjà ses choux gras était une insulte mortelle à son statut et il était évident pour quiconque la connaissait aussi bien que moi que c'était Lacour qui devait en porter toute la responsabilité. L'impudence à la fois grandiloquente et piteuse avec laquelle le Fakir se défendait corroborait mon opinion.

« Bien, a dit le juge Batigne, dans ce cas il ne me reste plus qu'à vous faire signer votre déposition… »

Lacour, trop heureux de s'en tirer à si bon compte, s'est emparé voracement du stylo qu'on lui tendait et s'apprêtait à parapher ses mensonges quand Batigne a fini sa phrase :

« … mais avant, si vous le permettez, je voudrais vous soumettre à une dernière formalité… Greffier, faites entrer le témoin… »

Il me faudra sans doute beaucoup de temps pour oublier la gueule consternée des amants diaboliques devant notre entrée. Rayon, fier comme un garde champêtre en plein comice agricole, et moi ne sachant où poser les yeux, à la fois gêné pour ma mère et rayonnant de haine pour le Fakir défait.

Le juge Batigne, sur la foi de la déclaration de Rayon, a inculpé Lacour d'instigation à commettre un assassinat, et s'il n'a pas inculpé Domenica de complicité, il était manifeste que l'envie l'en chatouillait. Il faut dire que notre affaire avait tout pour exciter un jeune juge en début de carrière : une suspicion de détournement d'héritage et de meurtre familial, le tout chez des gens très riches et très en vue. Du nanan…

Nous sommes restés à la disposition de la justice et avons sagement attendu qu'elle passe. Elle a mis du temps. En fait, elle avait carrément renoncé à passer bien avant que l'on se décide à nous en informer.

L'annonce a eu lieu dans le cabinet d'Ourvari. Elle fut douloureuse. Par une de ces facéties dont elle est coutumière, la justice s'était arrangée pour que la plainte pour instigation à assassinat se retrouve bricolée de telle sorte que nous étions à deux doigts d'être accusés de complot contre Lacour et sa malheureuse épouse.

« Enfin, maître ! Ils ont voulu me faire assassiner !

– Je n'en doute pas, monsieur Guillaume. L'ennui, c'est que rien ne prouve vos dires. Ils affirment que l'argent versé à M. Rayon concerne une opération immobilière sur la Côte d'Azur et en aucun cas une avance sur un contrat d'assassinat. Leur avocat m'a clairement laissé entendre qu'il avait de quoi plaider le complot.

– Le complot ? Quel complot !? » ai-je glapi.

J'ai jeté un coup d'œil à Rayon. Il avait l'air beaucoup moins indigné que moi. Moins surpris, surtout.

« Votre proximité avec le commandant Rayon… La même unité parachutiste… L'esprit de corps… Des témoins prestigieux prêts à attester votre impatience à toucher l'héritage de votre père… Largement de quoi mettre un petit juge au pas. »

Là, j'ai compris à quel point j'avais sous-estimé

Domenica. Elle avait laissé faire Lacour sans se mouiller et elle s'apprêtait à lui sauver la mise en le faisant passer pour une andouille, pendant que moi je récupérais mon rôle de sale gamin raté et envieux, prêt à détruire une collection prestigieuse plutôt que de me mettre enfin à travailler pour cette famille qui m'avait tant donné.

« Mais c'est ridicule… Qui va croire que j'aie pu imaginer un tel scénario ?

– Probablement personne. Ce que j'essaye de vous dire, c'est qu'entre les mains d'un procureur retors, cette argumentation pourrait bien…

– Ce que vous essayez de nous dire, a coupé Rayon, c'est que l'affaire est déjà passée au-dessus de la tête du juge.

– Disons que M. Guillaume a peut-être sous-estimé la qualité des appuis dont dispose madame sa mère. »

J'ai détesté sa façon de le dire, mais il me fallait pourtant reconnaître qu'Ourvari avait raison bien au-delà de ce qu'il croyait. Comment aurions-nous pu nous douter que loin d'être sur la défensive, Domenica était en train de monter une contre-attaque genre Blitzkrieg qui allait nous laisser tous sur le carreau ? Déjà aidée par son réseau de politiciens, de journalistes et d'hommes d'affaires, elle avait réussi à ce que l'histoire ne soit pas dévoilée au public. Seuls les milieux gouvernementaux, qui, comme je l'ai compris bien plus tard, suivaient l'affaire de près, en avaient connaissance. Pour l'instant et du strict point de vue de la justice, les versions de

Lacour et de Rayon paraissaient aussi crédibles et invraisemblables l'une que l'autre, si ce n'est que celle de Rayon, si elle triomphait, mettait Domenica dans une très sale posture. Personne ne croirait que Lacour avait monté une affaire aussi tordue pour son seul bénéfice, et Domenica serait immédiatement mise en cause. Je ne l'ai su que plus tard, mais Ourvari en savait déjà bien plus qu'il ne voulait nous en dire. L'ombre d'un futur géant avait commencé à obscurcir la scène et le juge Batigne s'apprêtait déjà à refermer le dossier faute de preuves suffisantes, sans toutefois le classer définitivement. Un homme intègre, ce juge Batigne, intègre et clairvoyant. En attendant, nous restions le bec dans l'eau et totalement à sec d'idées.

« On fait le mort et on voit comment ça évolue », nous a conseillé Ourvari en nous présentant un sérieux complément d'honoraires.

Une fois payé, il a ajouté : « Je vous conseille aussi d'oublier votre magot pour l'instant et de mener une vie paisible et discrète. »

*

On a regagné la voiture de Rayon – une somptueuse DS Cabriolet – sans desserrer les dents. J'étais furieux, frustré, prêt à n'importe quelle ânerie pourvu qu'elle me venge de ma mère et de Lacour.

« Alors, t'as décidé quoi ? a demandé Rayon. Moi,

c'est cap au sud. J'ai déjà versé des arrhes pour un petit restau à Antibes. Tu y es le bienvenu, d'ailleurs.

– Ouais. On pourrait peut-être tenter notre chance à Deauville avant. Il paraît que c'est chouette. D'ailleurs, c'est là que ma mère a commencé.

– Tu parles d'une référence.

– Désolé, mais vu le résultat de notre affaire, c'en est une.

– Ouais, je me demande si on ne ferait pas mieux d'écouter Ourvari.

– Il nous emmerde, ce baveux, ai-je dit en haussant considérablement le ton. On n'a quand même pas fait tout ça pour finir au couvent ! »

Il n'a rien dit, mais on n'a plus échangé un mot jusqu'à Deauville.

*

Deux heures plus tard, au bar du casino, un scotch à la main, on regardait la foule de pékins en smokings et robes de cocktail se presser devant l'entrée des salles de jeu.

« Il n'y a qu'ici qu'on voit des pigeons faire la queue pour se faire plumer ! » a fait remarquer Rayon avec un fol optimisme.

On venait de changer pas mal de blé contre des jetons et j'allais lui faire remarquer qu'on pourrait quand même se souhaiter bonne chance quand j'ai vu une fille superbe me dévisager comme si elle hésitait à m'aborder. Je lui ai souri et elle s'est immédiatement dirigée droit vers moi.

« Bonjour, monsieur Guillaume, a-t-elle dit d'une petite voix timide.

– On se connaît ?

– Depuis que je suis toute petite. Je connais même votre père et votre mère.

– Mon père ? Lequel ?

– Vous en avez plusieurs ? » Et comme je mettais un peu de temps à répondre, elle a ajouté : « En tout cas, c'était sûrement le premier, parce que votre mère était bien jeune, et bien belle, aussi.

– Vous avez connu Paul Guillaume ?

– Si on veut. Ma mère a même assisté à son mariage avec Mlle Lacaze... Inutile de chercher, monsieur Guillaume, a-t-elle dit dans un éclat de rire, je ne fais pas partie de votre famille. C'est juste que ma mère a été femme de chambre pendant trente ans au Normandy. »

Chaque fois que je revois cette scène, les vers d'Aragon me reviennent en tête :

En ce temps-là, j'étais crédule
Un mot m'était promission
Et je prenais les campanules
Pour des fleurs de la passion.

« Ça par exemple ! Et vous...

– Quelle extraordinaire coïncidence..., a fait Rayon

sur un ton nettement plus sarcastique. Et vous travaillez aussi à Deauville, mademoiselle… ?

– Ibarra, Maïté Ibarra… Oui, mais pas dans l'hôtellerie.

– Je vois, a-t-il souri avant de me prendre par le bras pour me chuchoter à l'oreille : Je peux te dire quelque chose ? En privé…

– Désolé, Maïté, mais mon ami veut me dire quelque chose… Je peux vous appeler Maïté, n'est-ce pas ? Moi, c'est Paulo. »

Elle a pris la main que je lui tendais. La sienne était si fraîche que j'ai immédiatement décidé de ne tenir aucun compte des avertissements de Rayon.

« Je préfère Jean-Pierre, si ça ne vous ennuie pas. »

Si ça m'ennuyait ? Mais rien n'aurait pu me faire plus plaisir, et je lui ai balancé mon sourire spécial para avant de rejoindre Rayon.

« Elle est merveilleuse, non ?

– Bien sûr, mais la question n'est pas là. Es-tu conscient, oui ou non, de te faire entôler ? »

C'était une excellente question, bien sûr. L'ennui, c'est que je n'avais pas la moindre envie d'y répondre.

« Qu'est-ce que tu vas chercher ? Tu l'as entendue ? Elle a presque connu mon père.

– Presque… Disons que sa mère l'a peut-être vu plus de dix ans avant de la mettre au monde.

– T'es vraiment chiant comme mec. Elle m'a quand même reconnu, oui ou non ? »

Il s'est contenté de m'adresser un sourire apitoyé, bien que bienveillant.

« Comme tu voudras. Après tout, elle te fera peut-être plus de bien que de mal. De toute façon, ça m'arrange. J'hésitais à te laisser tout seul.

– Tu t'en vas ?

– Cap sur Antibes… Excuse-moi, mon pote, mais je suis trop vieux pour me mettre à sauter sans parachute. »

J'ai un peu hésité. Pas longtemps. Entre la démarche chaloupée d'un ex-commandant parachutiste et la sinueuse silhouette d'une jolie menteuse, j'ai vite opté pour la déraison.

Au petit matin, j'étais saoul, à sec et passablement désespéré. Accroché au bras de Maïté et plutôt étonné de la voir encore là, j'ai titubé avec elle jusqu'à l'hôtel en me disant qu'il serait toujours temps de la virer le lendemain, si elle n'était pas partie.

Une touffe de cheveux sur l'oreiller, un long corps nu dans les draps, pas de doute, au réveil elle était encore là. Je me suis dit qu'il fallait faire quelque chose, mais une gueule de bois à faire pâlir Pinocchio et une langue aussi déliée qu'un vieux gant de toilette pas très propre m'ont incité à un peu de procrastination.

Quand je suis sorti de la salle de bains, elle était toujours là. Elle avait bougé dans son sommeil et le drap du dessus avait suffisamment glissé pour que je prenne le temps de sonner la réception, histoire de me faire monter un broc de café. C'est l'arôme du café qui l'a réveillée. J'en avais déjà avalé deux tasses en la regardant tout en peaufinant ce que j'allais bien pouvoir lui dire.

« T'es encore là, toi ? j'ai dit en lui tendant la sienne. T'as donc pas compris ? Tu peux arrêter le compteur, ma belle, le miché est lessivé.

– Tu es sûr d'être raccord avec le décor ? a-t-elle rigolé en laissant dériver son regard sur la suite de l'hôtel Normandy que j'avais réservée en arrivant, au temps où j'étais encore riche. On dirait plutôt un dialogue d'*Hôtel du Nord*.

– Ouais, ben faut croire que t'es moins maligne que t'en as l'air si tu continues à croire qu'on peut tondre un œuf. »

Elle a rassemblé le drap autour d'elle, est venue s'asseoir à côté de moi.

« Arrête de te faire du mal », m'a-t-elle dit en me caressant doucement la tête.

À vrai dire, je ne savais plus si je voulais qu'elle se tire ou qu'elle reste. La nuit que je venais de passer avec elle m'avait révélé une fille plutôt drôle. Elle m'avait suivi dans mes pérégrinations autour des tables de jeu et m'avait vu claquer une petite fortune sans perdre une once de sa bonne humeur, ce qui, pour une entôleuse qui voit son gibier se faire irrémédiablement ratiboiser par le casino, est la preuve d'un sens de l'humour certain. La seule chose de vraie dans ce qu'elle m'avait raconté, c'est qu'elle s'appelait Maïté. Le reste, elle l'avait lu dans *France Soir* et elle m'avait reconnu d'après la photo en uniforme de para publiée dans le journal. Dans le genre pigeon, j'étais vraiment troussé comme pour un banquet. Pourtant, elle ne m'avait pas lâché de la nuit, se contentant de taper dans mes jetons de quoi aller chercher au bar la noria de Negronis que nous avions éclusés. Je me souvenais vaguement qu'on avait aussi parlé, mais pas de quoi. Sans doute de moi et de ma difficulté d'être, vu que l'alcool favorise plus chez moi l'épanchement geignard que le mutisme spartiate. Raison de plus pour qu'elle s'en aille.

« Perds pas ton temps avec moi, Maïté. Crois-moi, j'en vaux pas la peine. Un loser de classe internationale, un artiste de la poisse. Tout ce que je touche se transforme en merde… »

C'est vrai que j'en rajoutais un chouïa, mais j'avais si peur qu'elle me quitte que j'allais quand même pas la supplier de rester.

« Ouais, tu me l'as déjà dit. Je crois surtout que tu adores te plaindre et te faire plaindre…

– C'est fini. J'ai tout perdu. Il me reste plus rien.

– Qu'est-ce que tu as perdu, exactement ? Le fric du contrat que ta mère a mis sur ta tête ? Tu parles d'une perte… »

Je me suis creusé la cervelle un petit moment pour trouver quelque chose à répondre. Elle a fini par se lever et par me prendre dans ses bras.

« Viens. Il doit nous rester quand même de quoi te payer un crème et un croissant. »

*

C'est comme ça qu'on a fini par se mettre en ménage dans un hôtel meublé de la rive gauche. Moi je glandais en rêvant à mon héritage et elle continuait à micheton-ner à sa cadence. Elle était si belle, si appétissante dans ses petites jupes Cacharel qu'il lui suffisait de rester dix minutes au même endroit pour qu'une rencontre se déclenche aussitôt. Elle n'en abusait pas, et moi je me consolais en me persuadant que si la jalousie est bien la compagne inséparable de l'amour, il suffit de ne pas aimer pour ne pas être jaloux.

C'était un raisonnement de proxénète, et cela n'a pas échappé au trio malfaisant attaché à ma perte : Domenica, Lacour et un troisième que je n'avais pas venu venir, Jean Lacaze, le frère de Domenica et donc mon oncle adoptif.

Lacaze occupait, depuis l'avant-guerre, un poste décisionnaire à la Shell Afrique du Nord. D'abord responsable pour l'Algérie, ses fonctions seraient ensuite étendues au Maghreb. Jean Walter, prompt à servir ses proches, de sa parentèle ou autres, en les utilisant à bon escient, avait d'évidence vu qu'il y avait là une opportunité. C'est ainsi qu'il avait confié à son beau-frère, parfaitement anglophone de surcroît, une discrète mission de surveillance générale sur ses affaires en Afrique du Nord. Deux fers au feu, n'est-ce pas le bon sens même ? Son fils Jacques pour fusible, son beau-frère en couverture...

Lacaze a commencé par obtenir la possibilité d'acheter des actions dans la Société des mines de Zellidja, la SMZ, ensuite il a été placé en position d'administrateur, de plus en plus proche du sommet ; et finalement il s'est trouvé en capacité de devenir le successeur de Jean Walter pour tout : dans ses affaires, se substituant ainsi à sa descendance ; en influence réelle dans la FNBZ (Fondation nationale des bourses Zellidja), par-delà les instances tutrices et leurs représentants ; et, oserai-je ajouter... auprès de Domenica, laquelle aura peut-être été, plus qu'une épouse ou une amante, la sœur de son frère. C'est ainsi qu'à l'ouverture du testament de Jean Walter, j'ai découvert que l'oncle que je connaissais pourtant fort peu était à la tête de toutes les entreprises de Walter. Domenica s'était même arrangée pour faire de lui l'exécuteur testamentaire. *Exécuteur*, je n'ai pu m'empêcher de trouver le mot amusant en découvrant plus tard que Jean Lacaze avait vraisemblablement trempé dans le projet d'assassinat ourdi par Lacour.

Le 15 janvier 1959, la nouvelle est à la une de tous les journaux : Jean Lacaze, l'homme d'affaires bien connu, frère de la très riche et passablement sulfureuse Domenica Walter, ainsi que le docteur Lacour, compagnon de la même Domenica Walter, viennent d'être arrêtés et incarcérés à la Santé pour un motif qui manque singulièrement de prestige : provocation calomnieuse et subornation de témoin. Une fois de plus, je suis dans le coup. Il ne s'agit plus de m'assassiner, mais de me faire plonger comme proxénète.

La première affaire s'était déroulée et avait été étouffée derrière les portes matelassées des cabinets des avocats et du juge Batigne, la seconde va exploser comme une grenade à fragmentation et mettra au grand jour les turpitudes et les crimes du grand monde. Tout est réuni pour que les journaux fassent leur miel d'un feuilleton où se mêlent l'art, l'argent, la puissance, l'odeur de soufre d'une femme belle, riche et extravagante, un fils renié qui n'a même pas de quoi payer son logement, une call-girl, et un ancien parachutiste tourné tueur à gages. Ne manque plus qu'un raton laveur...

Tout est ma faute, bien sûr. Je ne suis pas mort et le clan de Domenica ne le supporte pas. Elle ne veut plus entendre parler de moi, et, surtout, elle veut absolument m'empêcher d'hériter. C'est une véritable obsession. Elle n'en dort plus. Il faut absolument me faire disparaître du paysage. Essayer de me tuer encore une fois, ça risque de faire désordre. Mais il y a cet article 727 du Code civil qui définit l'indignité successorale : il interdit de toute succession les gens convaincus d'un certain nombre de crimes, dont le proxénétisme. C'est vrai, à l'époque je vivais ouvertement avec une call-girl et nous faisions caisse commune. C'est sans doute contraire à l'ordre moral bourgeois, mais ça ne tombait pas encore sous le coup de la loi. Pas encore… Il n'empêche que ma chère parentèle était à l'affût du moindre de mes faux pas et c'est Lacaze qui va décrocher la timbale. Devenu membre des services secrets de la République, il dispose d'un réseau de renseignement assez pointu pour que lui soit signalé un procès intenté à une jeune femme, probablement une prostituée, accusée de n'avoir pas payé ses notes d'hôtel. Il reconnaît le nom de Maïté, prend contact avec son avocat et apprend que, une fois de plus, tout est ma faute : j'ai payé les notes d'hôtel en question avec des chèques sans provision.

Aussitôt le clan Lacaze se mobilise. Si on ne peut pas faire grand-chose avec les notes d'hôtel impayées d'une pauvre sotte de call-girl et que les chèques sans provision émis par un garçon notoirement déséquilibré ne constituent pas une faute suffisante pour que s'applique la fameuse indignité successorale, la réunion des deux affaires pourrait bien faire la rue Michel, comme disait ma concierge. Il suffisait de convaincre Maïté de porter plainte contre moi pour proxénétisme et j'étais déchu de tout droit à un quelconque héritage. Pour ça, il fallait de l'argent, et ce n'est pas ce qui leur manquait, à ces malfrats de haut vol.

Si je ne sais toujours pas où et de qui je suis né, je sais maintenant de façon certaine que c'est sous une bonne étoile. Une étoile dont la brillance un peu louche n'éclaire ses élus que par intermittence. Tant qu'à me sortir de la mouise, elle aurait pu me faire atterrir dans une famille aimante, par exemple. A contrario, quand il s'agit de me faire assassiner, elle a choisi comme exécuteur un tueur honnête qui me laisse en vie et partage la prime. De même, comment des infâmes au cœur sec et au cerveau monétisé auraient-ils pu s'imaginer qu'une radasse de bas étage allait les posséder jusqu'au trognon et les expédier, ne serait-ce qu'un temps, au gnouf? Les putes au grand cœur et à la conscience de classe chevillée au corps, ça n'existe pas que dans les romans à deux sous pour benêts dans mon genre.

En un mouvement tournant digne de Sun Tzu, Maïté a porté plainte contre moi, a encaissé le fric, et est allée ensuite alerter la brigade criminelle en racontant que Jean Lacaze avait proposé de la payer pour un faux témoignage contre moi. Double bingo. Non seulement la justice décide de nommer un juge d'instruction, mais elle choisit ce bon juge Batigne, qui tombe de sa chaise en voyant revenir les protagonistes de l'affaire Lacour. Échaudé une première fois, il ne prend aucun risque et met sur écoute Lacour et Domenica. Résultat des courses : Lacour et Lacaze ne tardent pas à filer à la Santé. Lacaze n'y restera que quelques jours. Il est libéré sous caution pour raison de santé, mais mon ami le Fakir y croupira presque un an, et c'est le cœur heureux et la bourse pleine que je pars avec Maïté me faire oublier en Amérique.

*

« Je t'ai demandé de venir pour te proposer de rompre la malédiction qui a détruit nos vies », m'avait balancé Domenica tout à trac, au téléphone.

Comme ça, sans me laisser le temps de souffler ni de lui demander comment elle savait que j'étais rentré en France et où elle avait bien pu dégoter mon numéro de téléphone. Sûrement un coup du frangin. Il était sorti de taule comme une fleur et avait réintégré sans coup férir les saloperies de services. Ah ça, je lui en veux un sacré volume, au tonton Lacaze. Bien plus qu'au Fakir, protégé qu'il était par une couche de connerie qui désespérait toute vindicte. Et puis, les grands espaces américains m'avaient calmé. À faire le cow-boy dans un vrai ranch j'avais habitué mon regard à une profondeur de champ qui redonnait au trio infernal ses proportions franchement minables. J'avais décidé de les ignorer, de conduire ma vie sans plus leur accorder le moindre sentiment, la plus infime considération.

« Tu ne crois pas que ça suffit ? Pour moi, c'est terminé. J'arrête tout… Je jette l'éponge… Viens me voir à Dordives… Tout de suite », avait-elle continué d'une voix menue, presque gracile, qui atténuait le côté péremptoire de l'ordre intimé.

J'y suis donc allé, le cœur serré. Terrifié à l'idée d'arriver trop tard, qu'elle soit morte ou mourante, qu'elle m'ait attendu pour ça, pour me laisser le fardeau de sa décarrade. Le fardeau et la culpabilité, bien sûr, vu qu'il lui resterait encore assez de souffle pour tout me mettre sur le dos.

Elle m'attend. Dans la semi-obscurité d'un salon éclairé aux chandelles, elle se tient, raide et compassée, dans un grand fauteuil. Je ne peux détacher mon regard des mains décharnées veinées de bleu qui serrent les bras du fauteuil. Des mains de momie. Seuls ses yeux étincellent dans ce visage meurtri. Je respire… Elle est bien vivante… Elle sourit vaguement.

« Vous faites des économies ou c'est les plombs qui ont sauté ? je souris.

– Je suis malade, Paulo. Je ne supporte plus la lumière forte.

– Ça, on peut dire qu'il vous a bien arrangée, le Fakir.

– S'il te plaît, mon fils, épargnons-nous les sarcasmes. Essayons d'oublier le passé. »

Le pire, c'est qu'elle ne rigole pas.

« *Mon fils* ? *Oublier le passé* ? C'est quoi, ce galimatias ? Que voulez-vous que j'oublie, mère ? La tentative d'assassinat ou celle de me faire passer pour un barbot ?

– Oh, tu peux m'accabler, je le mérite. Regarde l'état dans lequel notre guerre m'a plongée… Seule, laide, vieille, droguée. J'ai laissé mourir les deux hommes que j'aimais. J'ai tenté de te faire assassiner, et pour finir j'ai perdu la collection.

– Comment ça, vous avez perdu la collection ? »

Je m'en étrangle presque. Elle, ça la fait sourire en

coin. J'ai la désagréable impression d'être sur le point de me faire rouler à nouveau dans la farine.

« C'est vrai que tu étais parti je ne sais où… C'est Malraux qui a arrangé tout ça. Avant de devenir ministre… Tu sais que nous avons toujours été amis. Quand cette horrible affaire Rayon a éclaté et que ce pauvre Lacour a été mis en prison, il est venu me voir pour tout arranger. Je faisais donation de la collection à l'État et il effaçait cette malheureuse ardoise.

– Et vous avez accepté ? Comme ça ? Sans condition ? Vous lui avez refilé la collection juste pour sortir le Fakir de prison ?

– Dans le fond, c'était le souhait le plus cher de mon cher Paul, et Malraux a accepté que la collection continue à porter son nom.

– Et le vôtre par la même occasion, je ricane. Et qu'a-t-il aussi accepté, ce bon Malraux ?

– De procéder par une donation-vente qui ne prendra effet qu'après ma mort. »

Là, chapeau l'artiste. Elle touche tout de suite le produit de la vente, mais elle ne perdra ce qu'elle a vendu qu'une fois qu'elle aura avalé sa chique. Du grand art… Le beurre et l'argent du beurre… Quant à moi, il ne me reste plus qu'à aller me faire voir chez Plumeau, vu qu'en claquant elle enterre aussi l'héritage.

« Bien joué, dis-je avec un sourire qui me fait quand même un peu mal aux commissures. Je suppose que c'est pour m'annoncer la bonne nouvelle que vous m'avez convoqué ?

– Eh bien tu te trompes. J'ai commis des erreurs, peut-être même quelques crimes, mais tu sais quels ont été ma pire erreur et sans doute mon pire crime ? »

J'ai beau chercher ce que cette femme aurait bien pu me faire de pire que d'essayer de me faire plonger comme proxénète après avoir commandité ma mort, je sèche. J'essaye de répondre, mais ça coince. Ce doit être quelque chose d'inavouable, de terrible, pour que ses yeux se mouillent, que sa bouche se torde. Je m'en veux de ne pas avoir su aimer celle qui m'a choisi pour fils, je suis ému, presque bouleversé.

« C'était de t'adopter… Je n'ai jamais pu t'aimer. J'ai bien essayé, mais c'était plus fort que moi. C'était presque du dégoût… Bref, je t'ai privé d'une vie normale, la vie pour laquelle tu étais fait… Une vie simple, banale…

– Une vie de minable, quoi… Merci, mais ça, je le sais déjà.

– Je peux tout arranger… Écoute, si tu m'aimes un tant soit peu, tu peux me débarrasser de ce fardeau. L'effacer comme un prêtre donne l'absolution. Délivre-moi de mon péché originel. Mon avocat a préparé ces papiers qui annulent l'adoption. »

Elle désigne d'une main faible des documents prêts à signer et un gros stylo Montblanc, de ceux qu'affectionnent ceux qui n'écrivent pas beaucoup.

« Autrement dit, je signe ça et je ne suis plus votre fils ?

– Et moi je retrouve un peu d'estime pour moi-même. »

Après tout, pourquoi pas ? Je n'hériterai plus jamais de rien. Autant me débarrasser d'une famille dont je n'ai rien eu à attendre, si ce n'est des coups de poignard dans le dos.

J'ai déjà le stylo dans la main, mais Domenica ne peut décidément pas s'empêcher d'être chienne jusqu'au bout.

« Naturellement, je te dédommagerai », susurre-t-elle juste avant que je signe.

J'ai regardé le stylo et, au lieu de le lui planter dans l'œil comme aurait fait n'importe qui, je me suis contenté d'écraser sa plume en or sur le document comme on écrase un mégot.

« Désolé, *maman*, mais je ne tiens pas à savoir à combien vous m'estimez exactement. »

J'ai fait demi-tour et je suis sorti. Je ne l'ai jamais revue, même morte.

Épilogue

JULIETTE

J'espérais vaguement qu'il se retournerait, mais il n'a pas daigné le faire. Il est parti en regardant droit devant lui, comme s'il croyait vraiment qu'il allait pouvoir oublier sa mère, comme si le sacrifice de ma jeunesse ne valait pas l'aumône d'un dernier coup d'œil. Parce que je lui ai tout donné, à ce gosse. Sauf, bien sûr, mon ventre, mes seins et ma… boîte à ouvrage. Parce que ça, quand même, ça reste du domaine de l'intime… Un bébé ? Soit, si on ne peut pas faire autrement, mais sans les vergetures et le relâchement des chairs… Il n'est nulle part écrit que la maternité soit le début de la décrépitude. La plupart des femmes s'y résolvent, moi je me suis fait opérer avant de monter à Paris. Je n'étais pas bien vieille, mais je me doutais que les occasions de tomber enceinte allaient fleurir sous mes pas comme les croûtes sur la tête d'un teigneux. Pourtant Paul a finalement réussi à me coller un lardon *post mortem*, même si finalement ça ne lui a servi à rien. C'est même ma plus grosse erreur : comment ai-je pu croire qu'il aurait le temps de modifier son testament avant que son appendice modifie définitivement sa biographie ? Du coup, en me créant de toutes pièces un héritier pour me simplifier la vie, je me la suis compliquée.

Ce que j'ignorais aussi, c'est qu'il est plus facile de se débarrasser de deux maris que d'un seul fils. C'est peut-être ça qu'on appelle l'instinct maternel...

Il a fini par s'en aller, même si le coup de la lettre de désistement héréditaire n'a pas fonctionné. Ma dernière tentative pour que ma renommée ne soit à jamais souillée par je ne sais quelle nouvelle ânerie de cet imbécile. En revanche, c'est le coup de Malraux qu'il n'a pas digéré. Il ne pourra pas faire valoir ses droits sur la collection après ma mort. Et pour le reste, finalement, après moi le déluge !...

Ah, cette entrevue avec Malraux ! Jamais je ne l'oublierai... L'un de mes plus grands regrets, c'est que personne n'ait pu y assister pour pouvoir la relater dans le livre que l'on écrira sûrement sur moi après ma mort (ou avant, pourquoi pas ?). Ceux qui me haïssent, me jalousent, ceux qui pensent que j'ai mis la main sur la collection de Paul et sur une bonne partie de la fortune de Jean grâce à mon physique et à l'usage que j'ai appris à en faire pourraient changer d'avis sur le pouvoir des femmes, quand elles l'exercent avec détermination et intelligence.

Déterminée et intelligente ! C'est tout moi, ça.

Petite fille, déjà, j'avais fini par damer le pion aux garçons de l'école qui croyaient pouvoir m'interdire de capitaliser les billes. J'étais tombée amoureuse de ces petites boules de verre coloré et j'avais décidé d'en faire une collection qui, par son nombre et sa diversité, enfoncerait celle du champion de Saint-Affrique, un mioche insupportable qui massacrait tous ses adversaires dans la cour de récréation de l'école. J'ai commencé par y investir mon argent de poche, mais d'une part je n'en avais pas beaucoup, et d'autre part ces petits merdeux se sont entendus pour faire monter les prix, si bien que les plus belles pièces, les agates, calots et boulets en verre avec des filaments multicolores de cornaline à l'intérieur, me passaient sous le nez. J'ai fini par découvrir que la plupart des plus âgés étaient prêts à payer pour un coup d'œil plus ou moins long sur ma foufoune, ce qui m'a permis de négocier quelques magnifiques boulets et les souvenirs qui vont avec. C'était une méthode agréable, mais peu rentable, en raison du temps qu'il fallait pour monter chaque négociation. J'ai compris que la seule façon de s'attaquer aux prérogatives supposées des garçons, c'était de les affronter sur leur propre terrain et de devenir la meilleure aux billes.

Je ne sais plus exactement combien de temps ça m'a pris, mais très vite je suis devenue la championne incontestée de Saint-Affrique et des environs, et ma collection prenait une telle place dans ma chambre et dans ma tête que, au lieu d'imaginer une énième façon de compter mon trésor pour vérifier qu'on ne me volait pas, j'ai décidé de m'en débarrasser et de passer à autre chose. Je l'ai donc distribuée avec une générosité qui a laissé pantois mes anciens adversaires et j'ai retrouvé du même coup sommeil et appétit. Je me suis mise ensuite à collectionner les images en attendant, le moment venu, d'explorer les joies du sexe, sans rien en espérer d'autre que la merveilleuse complexité du plaisir et de la séduction.

De guerre lasse, j'ai abandonné toute prétention à briller dans le monde par mon seul esprit pour me consacrer à ce petit bout de chair qui sert de sceptre aux hommes. En plus du plaisir que je continue à en retirer, j'y ai puisé une connaissance du monde et de ses ressorts qui m'a aidée à me frayer un chemin dans un univers fait de toute éternité pour les hommes.

J'ai beau me creuser la tête, je n'ai aucun souvenir de m'être un jour amusée en jouant aux billes. Alors que le sexe…

Il me fallait bien quelque chose pour survivre dans une famille où mon père, qui se targuait du titre ridicule d'*aspirant notaire*, aspirait surtout à faire sentir à ses femmes (ma mère et moi en l'occurrence) toute la puissance de son autorité de droit divin sur son ménage, et sur leur façon de penser. C'est drôle comme le plus libéral, et finalement le plus doux des hommes, peut se transformer en Mussolini domestique tout en continuant à afficher des opinions avancées pour le reste du monde… Heureusement, mon cher frère Jean m'a toujours soutenue sans barguigner.

C'est ma prof de français du lycée qui m'a initiée aux mystères concomitants du cunnilingus et de la lutte des sexes.

« Lis ça et ne l'oublie jamais », m'avait-elle dit en me fourrant sous le nez un texte de Zola que j'ai fini par connaître par cœur et par comprendre de toute mon âme.

Et cette aristocratie qui se meurt, ce patriarcat découronné, ruiné, tombé à l'abâtardissement des races finissantes…

Le jour où j'ai compris que Zola ne parlait pas que de la noblesse, ma vie a changé.

En fait, c'est Zola et la collection qui ont changé ma vie. Plus je manifestais mon désir de m'y impliquer, et plus Paul me faisait sentir que ce n'était pas pour ça qu'il m'avait épousée. De là à imaginer l'enfer auquel j'avais échappé en me faisant ligaturer les trompes, il n'y avait qu'une enjambée que j'ai franchie en me confortant dans l'idée qu'il valait mieux ranger les hommes au rayon des accessoires, tout en flattant leur vanité pour les laisser croire que c'étaient eux qui tenaient le manche.

Jean Walter était moins drôle que Paul, mais il était plus beau, meilleur amant – et de loin –, et affreusement riche. C'est sur les instances de Lacour que nous sommes arrivés si tard à l'hôpital. J'ai laissé faire, mais sans véritable conviction, comme disait ma grand-mère

Lacaze : *Lou praire fai lou laire* (l'occasion fait le larron), et je l'ai vite regretté.

Cet imbécile de Lacour m'a mise dans une situation impossible. Le coup du tueur à gages était déjà d'un tartignole achevé, mais l'idée d'engager un para pour tuer un autre para frôlait la balourdise absolue. Heureusement, pour tenter de s'en sortir, le quarteron d'hommes *intelligents* qui me servait de garde rapprochée a décidé, sans me consulter, de piéger la petite Maïté qui, tout en étant amoureuse de mon fils, contribuait de temps en temps aux frais du ménage en michetonnant… La belle affaire… Comment ces coincés de l'intime auraient-ils pu se douter qu'il y a plus d'honnêteté chez les putes que parmi les membres du clergé ? Finalement un mal pour un bien, puisque cette balourdise m'a du même coup débarrassée du balourd lui-même au moment où je commençais à me demander sérieusement ce que j'allais en faire, tandis que j'ai pu sauver la tête de mon frère grâce à Malraux.

J'ai rencontré le ministre dans une allée du Palais-Royal. Grand chapeau à bord rabattu et long manteau sombre. Sans avoir jamais rien lu de lui, je m'étais dit qu'il ressemblait à ses histoires, ou du moins à ce qu'il voulait y mettre de lui. Nous avons sensiblement le même âge, mais il ne cherchait pas à en cacher une minute, au contraire, comme s'il en savait assez sur moi pour me décourager de tenter toute approche sensuelle. Je ne connaissais de lui qu'une citation, mais elle est suffisamment claire : *Beaucoup moins de femmes se coucheraient si elles pouvaient obtenir verticalement les compliments qu'elles obtiennent allongées.*

Je me suis donc bien gardée d'ouvrir la bouche.

Nous déambulions en silence sous les arcades désertes et le regard invisible des officiers de sécurité.

Quand il s'est décidé à parler, ses mains étaient aussi éloquentes que les mots qu'il lâchait en saccades.

« Je ne vous cache pas que nous sommes inquiets. Nous tenons beaucoup à cette collection, mais en l'état actuel des choses, elle est en grand danger.

– Je n'aurais pas pris le risque de vous déranger si elle ne l'était pas, monsieur le ministre.

– J'entends bien, madame, mais la Vᵉ République est trop jeune pour être déjà riche. D'autre part, je ne vous cache pas non plus… »

Il s'est interrompu pour suivre d'un œil gourmand les manœuvres d'un pigeon au jabot gonflé coursant sa pigeonne et je me suis demandé si, finalement, il ne me parlait pas aussi de sexe. Mais non, la fin de sa phrase était sans ambiguïté.

« … que le ministre de la Justice risque d'être moins sensible que moi à l'importance déterminante de votre présence dans le patrimoine culturel français… »

J'ai eu du mal à me retenir de tendre le dos et de ronronner comme la chatte qu'aucun homme n'a finalement su détecter en moi. En fin de compte, les deux seuls que j'ai assez aimés pour les éliminer sont passés à côté de cette *importance déterminante*. Le premier voulait bien m'associer à sa réussite, mais seulement par le biais du fils que j'étais censée lui devoir par contrat (l'imbécile ne s'est jamais dit que ça aurait pu être une fille), et l'autre ne m'a jamais regardée autrement que comme un hochet – splendide, j'en conviens – à agiter à la face racornie des censeurs familiaux.

« … et qu'il est partisan d'une donation pure et simple.

– Pure et simple… Vraiment ? »

Et mon cul, c'est du poulet ? aurait répondu mon frère, ce que je ne pouvais évidemment pas faire, bien que ça m'ait brûlé les lèvres. J'ai dû m'arranger pour que ça se sente, car le ministre s'est légèrement raidi dans son pardessus.

« Que nous pourrons transformer en dation dès que j'aurai réussi à faire passer la loi.

– Une dation ?

– C'est un système de libération fiscale qui jouera aussi pour vos héritiers.

– Il n'y a pas d'héritiers.

– Ça, madame, ce n'est pas à vous d'en décider. »

Il s'est arrêté. Son regard perçant m'a scrutée sous l'ombre de son chapeau. Je me suis dit que cet homme savait trop de choses pour être parfaitement honnête. J'enrageais, j'ai hésité à lui répondre puis j'ai baissé la tête. Le visage a disparu sous le chapeau. Nous sommes restés silencieux le temps d'une courte éternité. Je me suis enhardie à lui demander :

« Et la soulte ?

– Quelle soulte, madame ? Et de quel montant ?

– Je ne sais pas… Un pourcentage sur la collection… À déterminer…

– Beaucoup trop cher pour l'État, madame. En revanche, je suis autorisé à vous proposer l'Orangerie.

– Je la croyais réservée aux *Nymphéas* de Monet.

– Les salles du bas sont libres.

– Et puis quoi, encore ? Pourquoi pas la cave ? »

Son chapeau a laissé filtrer un sourire. Dommage que nous n'en ayons pas eu le temps, j'aurais pu m'entendre avec ce type.

« Et, bien entendu, je garde l'usufruit.

– Vous êtes dure en affaires, mais c'est d'accord. »

Nous nous sommes remis en marche de conserve, silencieux dans le crépuscule des arcades.

Mon frère ne retournera pas en prison, Lacour va en sortir, j'ai sauvé la collection, qui continuera à porter mon nom, certes sous les noms de mes deux maris, mais faire disparaître ses hommes ne suffit pas encore à abolir le patriarcat. Aucun des deux miens ne me croyait digne d'accéder à l'immortalité, je l'ai fait pour nous trois.

En ce qui concerne Paulo, je plaide coupable. J'aurais dû adopter une fille.

Remerciements

Tout commença par le remarquable essai que le journaliste Jean-Pierre Clerc a consacré à Jean Walter (*Jean Walter & Zellidja ou le Devenir homme*, Karaban, 2010), qui nous a été essentiel pour nous orienter dans la vie de cet homme inclassable et qui marqua son siècle jusqu'à largement déteindre sur le suivant. Mais, surtout, c'est grâce à cet ouvrage que nous avons découvert Domenica.

Intrigués par ce personnage hors norme, nous avons exploré sa vie tout d'abord grâce à la biographie passionnante que Florence Trystram a consacrée à Domenica Walter-Guillaume (*La Dame au grand chapeau*, Flammarion, 1996), qui a achevé de nous passionner pour cette aventurière résolument moderne.

Le film documentaire *Domenica ou la Diabolique de l'art* d'Yvon Gérault et Jérémie Cuvillier a été également une source d'inspiration importante.

Enfin, la correspondance de Paul Guillaume et de Guillaume Apollinaire, dirigée par Laurence Campa et Peter Read (*Correspondance. 1913-1918*, Musée d'Orsay/Gallimard, 2016), nous a permis d'en découvrir davantage sur la familiarité des rapports entre ces deux hommes exceptionnels.

Pendant que nous travaillions sur ce roman ont paru des ouvrages traitant du même sujet : une biographie romancée de Jean Walter, *Passion Zellidja. Itinéraire d'un homme pressé*, de Clotilde de Gastine et Mathieu Robin (Le Fennec, 2018), et *Domenica la diabolique*, de la journaliste Christine Clerc (Éditions de l'Observatoire, 2021). Tous deux nous ont également été d'une grande aide, ne serait-ce qu'en nous confortant dans la certitude qu'une femme comme Domenica méritait largement d'être sortie de l'oubli.

Avant de devenir un roman, *Domenica* devait être un film d'animation. Nous remercions chaleureusement toutes celles et tous ceux qui nous ont accompagnés dans cette première aventure.

OUVRAGES DE PATRICK RAYNAL

Aux Éditions Albin Michel

L'ÂGE DE LA GUERRE, 2021.

LORD GWYNPLAINE (avec J.-B. Pouy), 2018.

CORBUCCI (nouvelles), 2001.

UN TUEUR DANS LES ARBRES, 1982.

Chez d'autres éditeurs

UNE VILLE EN MAI, L'Archipel, 2015.

AU SERVICE SECRET DE SA SAINTETÉ, L'Écailler du Sud, 2014.

LETTRE À MA GRAND-MÈRE, Flammarion, 2008.

RETOUR AU NOIR, Flammarion, 2006.

EX, Denoël, 2002.

LE MARIONNETTISTE, Le Masque, 1999 ; Folio, 2001.

EN CHERCHANT SAM, Flammarion, 1998 ; Points Seuil, 1999.

BLUE MOVIE (avec Françoise Rey), Éditions Blanches, 1997.

NÉ DE FILS INCONNU, Albin Michel, 1995 ; Le Livre de Poche, 1997.

ARRÊTEZ LE CARRELAGE (Le Poulpe), Baleine, 1995 ; Librio, 2001.

ARRÊT D'URGENCE, Albin Michel, 1990 ; Folio, 2003.

NICE EST, Calmann-Lévy, 1988 ; Baleine, 1997.

FENÊTRE SUR FEMMES, Albin Michel, 1988 ; Folio, 2002.

NICE 42e RUE, Fleuve Noir, 1985 ; Folio, 1999.

LA CLEF DE SEIZE, Albin Michel, 1983 ; Folio, 2000.

Retrouvez toute l'actualité des éditions Albin Michel
sur notre site albin-michel.fr
et suivez-nous sur les réseaux sociaux !
Instagram : editionsalbinmichel
Facebook : Éditions Albin Michel
Twitter : AlbinMichel

Composition : IGS-CP
Impression : CPI Firmin Didot en octobre 2023
Éditions Albin Michel
22, rue Huyghens, 75014 Paris
www.albin-michel.fr
ISBN : 978-2-226-47632-6
N° d'édition : 25088/01 – N° d'impression : 176442
Dépôt légal : novembre 2023
Imprimé en France